我不再烦恼

50个纯洁心灵小故事

苏拾莹

广西师范大学出版社·桂林·

《我不再烦恼:50个纯洁心灵小故事》(原书名
《爱的信念:洁净心灵的50则爱的故事》)中文简体字版
© 2009 由广西师范大学出版社出版

本书经城邦文化事业股份有限公司商周出版事业部授权,
同意经由广西师范大学出版社,出版中文简体字版本。
非经书面同意,不得以任何形式任意重制、转载。

著作权合同登记图字:20-2008-117 号

图书在版编目(CIP)数据

我不再烦恼:50个纯洁心灵小故事/苏拾莹著.
—桂林:广西师范大学出版社,2009.1
ISBN 978-7-5633-7923-1

Ⅰ.我… Ⅱ.苏… Ⅲ.故事—作品集—世界
Ⅳ.I14

中国版本图书馆 CIP 数据核字(2008)第 191190 号

广西师范大学出版社出版发行

(桂林市中华路22号　邮政编码:541001
网址:www.bbtpress.com)

出版人:何林夏
全国新华书店经销
发行热线:010-64284815
山东新华印刷厂印刷
(山东省济南市经十路125号　邮政编码:2500001)
开本:787mm×1092mm　1/32
印张:5.5　字数:65 千字
2009 年 1 月第 1 版　2009 年 1 月第 1 次印刷
印数:00 001~10 000　定价:22.00 元

如发现印装质量问题,影响阅读,请与印刷厂联系调换。

〈自序〉不想被改变

苏拾莹

返台定居两年，发现诸多不适应。家乡变得如此陌生！

到底是我改变了，还是世界改变了，在我移居澳洲十二年以后。

詹宏达在他的歌词中屡屡感慨："在转变的人群中，真诚好像远离？""人群拥挤之间，爱心必然沉睡？"这些，正是我两年来心中不断升起的疑问。

人与人之间的距离似乎越来越遥远；爱心与怜悯好像不见了；真诚、真心仿佛躲藏着羞于见人；掏心掏肺，已然成为笑柄。

人们冷漠地划分着彼此的界线，丧失了爱与信任；斤斤计较政治立场的一丁点不同，却忽视生活习性中绝大部分的相同；习惯以金钱地位衡量人的价值，却轻视精神层面的意义；热衷于政治、理财，却对公益活动敷衍了事；擅长振振有词、大声雄辩，却对不实信息造成的伤害视若无睹；对财富地位趋之若鹜，却对卑微弱小难有真正的关心。

我的四周充斥着许多声音，最大的声音来自有势力、有钱、有权力的人。他们毫不留情地讥讽别人，自以为是正义化身；他们善于隐瞒撒谎，以为别人不知道；他们严酷地指责他人，自己却照样犯错。

或许不是世界改变了，而是我改变了。是的！我的确改变了很多。

我尝试把我改变的喜乐与重生的甘甜献给这个世界，迫不及待地与大家分享；但是，人们对我的重视却远不及过去对我曾经拥有过的金钱与地位的重视。从许多人的脸上我读出，他们期待的是一个强势、有权、有钱的我，那才符合过去我的形象。

人们比较的是我赚钱的能力、获利的能力，看重的是我拥有的人脉、掌握的钱脉，这的确是我过去曾经擅长的项目。但是现在的我，宁愿比付出的能力，看重的是奉献的能力。

我深深知道，过去现实功利的我已然死去。重生之后的我只想和大家分享信仰与爱！

然而，如今卑微弱势的我，就算声嘶力竭，也难以吸引大家的目光与认同。我的声音，很快地在人群拥挤的洪涛间被淹没。

我迷惘了，也几乎在人潮汹涌的世俗间再度迷失！

数度，我向内心深处寻找那起初的信念，发现它们变瘦了；我向灵魂极处寻找那最初的爱心，发现它们变弱了。

不过还好，它们还在！

于是我警醒：就算我改变不了这世界，也不能让这世界来改变我啊！

我决定继续写心灵提升的故事，提升别人，也提升自己。我决定继续大声疾呼，即便是狗吠火车，也让我做一条真理小径上的义犬；即便是堂吉诃德般的傻子，也让我在良知的道路上求仁得仁！

目 录

CONTENTS

1 把爱传下去

世界对着它的爱人，

把它浩翰的面具揭下了。

它变小了，小如一首歌，

小如一回永恒的接吻。

最爱的东西

有一个国王，娶了一位美丽又聪明的王后。

婚后头几年，国王非常喜爱这个王后，两人在一起很快乐。国王送了王后许多贵重的宝物，举凡珠宝首饰、华服美冠，应有尽有。

有一年，国王的心生病了，整天闷闷不乐，做什么事都提不起劲，连看到美丽的王后也觉得很腻。他想："我一定要换些新鲜的东西，才会找到快乐。旧的东西通通不要了！"

于是他下令，第二天醒来，四周所有的东西都要换成新的，包括王后在内。

他对王后说："你走吧！我要换新的女人才会快乐。你已经不能带给我快乐了。你今晚就走，我明天醒来要看到新人。"

王后听了，美丽的大眼睛落下了两行清泪，水汪汪地望着国王，话都说不出来，模样甚是楚楚动人。

国王虽有些不忍，但仍执意要把周遭的事物全部换新；而且命令已出口，君无戏言。于是他挥挥手说："罢了！罢了！你还是走吧！不过你可以带走你所有喜爱的东西。你看这皇宫里，喜欢什么就带什么走吧！"

王后听了，这才破涕为笑，给了国王一个嫣然的笑容。

国王如释重负，挥挥手说："去吧！你自己好好保重！我心情不好，顾不了你了。"说完，又继续双眉深锁，陷入忧愁之中。

傍晚时分，婢女递过一张请帖给国王，上面是一幅美丽的图画，题词是王后娟秀的字迹："曾经拥有"。然后是王后餐叙的邀约，邀请国王到她的宫里去参加"惜别晚餐"。

国王想了想，虽然毫无情绪，还是勉强答应了，好歹和王后也曾有过恩爱快乐的日子。

时间到了，国王心事重重地踱到了王后的寝宫，但他仍然满脸愁容，蹙眉不展。

美丽的王后极力打扮，换上国王赐予她的华服，戴上国王赠送她的首饰，真是美丽极了。国王说："你喜欢这些服饰吗？你可以随意带走，喜欢就尽量带走没关系。"

王后笑着称谢，然后殷勤地邀国王喝酒。不多久，忧郁烦闷的国王就喝醉了，醉得不省人事，口中还念念有词说："你喜欢什么，就带走！"

隔天睡到中午时分，国王醒过来了。他发现自己睡在一间民宅里，窗边有一位穿着素朴服装的民女在刺绣。

从后面望过去，这位民女身材窈窕动人，显然是个漂亮的女人。他心想："我的大臣对我可真是忠心呀！果然为我预备了新人、新东西，让我一睁开眼睛，眼前的一切都是新的。"

但是他随即想起昨晚的"惜别晚餐",想到美丽的王后，想到他跟王后曾经拥有过的欢笑，他依依不舍起来。他的心情愈发沉重，翻来覆去就是不舒服，不禁长叹了一口气，心想："为什么新的人、新的环境还是不能为我带来快乐呢？"

正在刺绣的民女听到国王叹气，于是走了过来。国王听到她轻柔的脚步声，知道是个纤柔的女子，但是不知怎的，就是一点都不想看她，还故意背过身子不理会她，思绪执意要去抓住刚刚浮上来的王后的倩影，还有昨天王后眼泪汪汪的大眼睛。

民女见国王又叹气又背过身不理她，以为触怒了国王，简直吓坏了。她走近床边，双膝跪下，双腿发抖，忍不住啜泣起来。

国王听到民女的啜泣声，知道她误会自己发怒了，心想："唉！这是我自己有毛病，怪不得新人。"于是翻身下床要安慰民女。但猛一看，眼前不正是他想念着的王后吗？王后穿着民女的衣裳，别有一番妩媚。而那双带着泪、水汪汪的大眼睛，散发的正是他所熟悉的似水柔情。没错，就是她！国王心头一阵狂喜："真是我失而复得的王后吗？这下可得好好珍惜她了。"

王后以为国王责怪她，要发怒了，慌忙解释道："陛下答应我可以带走喜欢的东西，我最喜欢的就是陛下，除了您，其他的我都不想要。"

国王看看四周，问道："那你那些漂亮的衣服、首饰呢？都不喜欢吗？"

王后哀怨地说："没有陛下的爱，我拥有那些东西又有什么意思？"

国王心头一热，赶忙把王后搂进怀里，说："是我太傻了！以为新人新事可以改变我的心境，现在才知道，没有王后的爱，什么新东西都不能让我快乐。"

世界上有一种东西，拥有了它，就拥有了全部。那就是"爱"！

王后拥有了国王的爱，就拥有了全部的金银财宝、美冠华服；若失去国王的爱，即使拥有再多的金银财宝、美冠华服，也觉得食不甘味，一点意思也没有。

聪明的王后知道这个道理，所以智取国王的爱。因为赢回国王的心，就赢回了全部。

而国王何尝不是如此？心中没有爱，即使周围的人、事、物全部换新，一样没有快乐。找回当初对王后的爱，就找回了快乐。

爱永不止息。爱是如此源源不断地衍生，汩汩流出，涵盖到万事万物。

七十七层楼

老公公、老婆婆的儿女都成家立业了，各自拥有了小家庭。于是老公公、老婆婆把旧房子卖了，搬到公寓大楼去住。

老公公、老婆婆选择最高层的第七十七层，因为高，视野良好，从窗子就可以俯视整个城市。同一层楼还住着几户人家，其中有一对年轻的夫妇。

有一个星期天，大楼突然停电，引起电梯故障，必须隔天才能找人维修。许多住户纷纷去住旅馆，或找朋友家借住。

老公公、老婆婆恰巧从公园散步回来，在楼下遇到刚从购物中心买东西回来的年轻夫妇。考虑之后，他们两家都决定不外宿，要爬楼梯上去。

于是四个人一起去爬楼梯。

走到第五层的时候，老公公、老婆婆的动作实在太慢，年轻夫妇不耐烦起来，于是向老公公、老婆婆含笑道别："你们慢慢走，我们先上去！"

年轻夫妇一口气往上冲，到了第十层，觉得手上提的购物袋实在太重了，于是决定把它们放在楼梯间，等明天电梯修好后再下来拿。

减轻了重量，这对年轻夫妇又开始往上冲，冲到第二十层，气喘吁吁得实在难受，年轻的太太开始抱怨先生："怎么发生这种事？刚才实在应该决定去住旅馆的，爬什么楼梯？都是你说什么一定要回家。"

先生也爬得很累，心情不好，回嘴说："这怎么能怪我？你老是这样喜欢怪东怪西，这坏脾气不改，以后实在难相处。"

太太生气起来："什么叫做以后很难相处？你想离婚是吗？"

于是两人一路吵、一路气冲冲地往上爬。吵到第四十几层，爬得实在太累了，连吵架的力气都没有了。先生于是自顾自地继续爬，不回头等太太；太太也生着闷气，不理会先生，边休息边往上爬。

终于，先生先到了七十七层。他正松一口气准备开门，却左找右找找不到钥匙。仔细回想一下，想起刚刚购物完开车回家，是他提重物，由太太锁车门的，钥匙应该在她那里。

他想："真倒霉，还非等她不可。"于是无可奈何地等着太太爬上来，也顾不得两人正在吵架冷战中。

好不容易太太上来了，看到先生等在家门口，翻着白眼没好气地对先生说："还不赶快开门？你不累，我可累坏了！"

先生也没好气地回答："钥匙在你那儿呀，要不，我才不等你！"

太太伸手在口袋中摸找，突然失声叫起来："糟糕，钥匙放在购物袋里了！"而他们把购物袋搁在第十层了。

两人脸色发白，你看我我看你，颓坐在地上，脑海一片空白。

过了没多久，楼梯响起了脚步声，耳边传来老公公、老婆婆愉快的笑声。终于，老公公、老婆婆也爬上七十七层了。

看到瘫在地上面无血色的年轻夫妇，老公公、老婆婆吓了一跳。问明原因，老两口赶紧开了自己的家门，让这对年轻夫妇到家里来休息，喝口水，吃点东西，甚至打地铺留他们过夜。

年轻夫妇很快恢复了元气。年轻太太很好奇地问老公公、老婆婆："你们走得并不慢啊，而且好像不很累，精神还依旧保持得很好呢！"

年轻先生也凑过来说："是呀！你们真不简单！你们是怎么办到的？"

老公公笑了起来，说："都是老婆婆的功劳，她出的主意真好。"

老婆婆也深情地望了望老公公，说："还是他的记忆力好，什么事都记得清清楚楚，很多事我都忘了呢！"

原来，在爬到第五层与年轻夫妇分手后，老婆婆思索着："我们平常参加登山健行活动，都是一边走一边聊天说笑，所以走很久都不觉得累。现在爬七十七层楼，也要这样才不会累。"

于是，老婆婆邀老公公说："我们来玩回忆的游戏，历数这一生上帝给我们的恩典，数算一年爬一层楼。"

老公公说："好，我先说。我永远记得第一次碰到你的那晚，你是晚会的主持人，美丽极了。碰到你，是那年上帝给我的恩典。"

老婆婆说："嗯，你那时被同学拉来参加我们的晚会，还愣愣的。后来我做学校的课业，你的指导帮了我很大的忙。有你帮忙，是那年上帝给我的恩典。"

就这样，老公公、老婆婆一边数一边爬楼梯。回忆就像流水般不断涌出。爬到第二十几层时，说到他们结婚；爬到三十几层时，说到三个孩子相继出世；爬到四十几层时，老公公职务升迁、老婆婆理财致富；爬到五十几层时，三个孩子相继恋爱、结婚；爬到六十几层时，他们医好了病痛；上了七十几层，几个活泼可爱的小孙子出世，为他们带来许多欢乐。

老婆婆正说着："那年还是你有眼光，毫不犹豫地买下这间公寓。"发现两人已经爬上第七十七层楼了。

老公公接着说："今年碰到停电，我们两位老人活到这把年纪，居然还身体硬朗得可以爬楼梯上来。"这时，就看到那对年轻夫妇了。

年轻夫妇听完老公公、老婆婆的叙述，惭愧地低下头。年轻太太说："我知道我们为什么会那么累了。不是身体累，是吵架吵得心累。"

先生点点头，顽皮地对太太说："我们一定要向老公公、老婆婆学习。我要马上历数今天上帝给我们的恩典，就是你把钥匙忘在楼下了。因为要不是你忘了钥匙，我们就听不到这样宝贵的教训了。"

　　说埋怨的话，容易起争论；起了争论，就破坏了内心的平静。年轻的夫妇因为说埋怨的话引起争吵，带着烦躁的心情，爬楼梯成为一种沉重的负担，以致身心俱疲。老公公、老婆婆则彼此称赞、互相鼓励，带着喜悦的心情，爬楼梯像是在运动健走，轻松愉快。

游　艇

　　克里斯出身贫穷的农家，但他很有生意头脑，看准了计算机这行充满了生机，学校毕业后，就从事计算机外设产品的投资与制造，在美国硅谷成功地闯出了一番事业。

　　随着事业的成功，克里斯也成了家，太太是家乡计算机行的一名售货小姐。那是因为克里斯到计算机行接洽生意，炫耀他如何会赚钱，售货小姐对他简直崇拜极了。克里斯喜欢这样被崇拜的滋味，心中极为受用。

　　结婚生子之后，克里斯夫妇带着孩子，搬进了湾区一栋有码头的豪宅，过着上流社会有钱人的生活。

　　豪宅既然有码头，当然要买游艇才行。当时大家正流行玩游艇，克里斯也毫不犹豫地贷款买了一艘豪华游艇。游艇驶进他家码头时，邻居都投以欣羡的眼光。克里斯得意极了，这正是他最受用的。

　　克里斯带着太太、孩子兴奋地乘坐游艇出了一次海，孩子立刻就厌倦了。因为克里斯夫妇既不会钓鱼，也不会潜水，又不喜欢游泳；夫妇俩平时忙着赚钱，和孩子没什么话题，全家在游艇上无聊极了。

于是游艇搁在屋后码头大半年没动。但是必须付的昂贵花费，如贷款及利息、游艇的定期保养费、码头的维护费等，却一分一毫也不能少。克里斯太太十分心疼，抱怨说："怎么养一艘游艇比养一个孩子还贵哪！"

克里斯也想："每个月付那么高的利息，如果搁着等它生锈，等于花钱买一堆废物，岂不太可惜？"

为了不让买游艇的投资白白浪费掉，于是克里斯夫妇计划请朋友到游艇上玩，也可以趁机炫耀一下所拥有的财富。

可是，他俩拿着邀请名单，却左思右想，拟不出几个可以邀请的朋友。

克里斯太太提议让家乡的父母来坐船，克里斯却说："算了吧！他们是乡巴佬，又不懂得欣赏。我爸喜欢自己乱捣鼓，搞不好还会把我的游艇弄坏。"

克里斯想起可以邀老同学麦可夫妇出船，克里斯太太却说："还是不要吧！他们生意失败，混得不好，现在又穷又酸，怎么能跟上流社会的我们匹配呢？"

提到邻居乔亚，克里斯想想也摇摇头，说："上次乔亚跟我借钱，我没借给他。现在看到我都怪怪的。"

克里斯太太想到婚前的女友艾咪，目前还是单身，倒是很会玩。但她随即自忖："艾咪最拜金了，每次都找机会向克里斯灌迷汤。而且她身材火辣，在游艇上穿起泳装，岂不正好勾引我丈夫？"想到这儿，就不吭声了。

克里斯看到桌上一张和同业雷蒙一起参加展览会时的合照，喃喃道："雷蒙一定有兴趣上游艇。"但随即又放弃了"但他是我商场上的劲敌，若邀他来，还不趁机刺探我的机密才怪。算了！"

这样相同的情景，每一季都在克里斯夫妇家里上演一次。只要接到账单，他们就会心痛地拿出草拟的宴客名单一再讨论，但左考虑右思量，一次又一次地不了了之。

就这样，游艇停在克里斯家后院的码头，成为挥之不去的梦魇，再也没有开着它出过海。

游艇本身没有问题，是游艇的主人出了问题。

他们本可以驾驭游艇，借以制造快乐的友谊及甜蜜的亲子关系；但他们却被游艇所驾驭，成为周期性的负担，像被无形的绳索捆绑，不得自由。

若愿意以爱心对待家人、朋友，放弃现实、功利的价值观，哪愁会找不到适当的人一起坐游艇同乐呢？借着坐游艇同乐的机会，再度对周遭的人释放出温暖与关怀，岂不可以赢得尊敬，又得到更丰富的精神回馈呢？

这才是聪明的投资呀！

把爱传下去

李察是一个汽车修理厂的技工，也是个虔诚的基督徒。

不久前，汽车修理厂的工人举行示威罢工，和资方谈条件，要求调高待遇。李察因体恤工厂在经济不景气下生意滑落，故愿意与资方共渡时艰，没有参加罢工。

后来工人在罢工示威中赢得胜利。带头罢工的正是李察的主管。主管对李察的不合作很不高兴，没多久，就把李察解雇了。

获知被解雇那天，李察非常沮丧，但他仍旧做完自己该做的工作才开始打包，这时已经是下班后一小时了。同事们早都走光了，只有李察一个人独自关上修车厂的门，开着他那辆破旧的小货车准备回家。

从工厂通往他家的路是一条双车道的公路，平常来往车辆并不多。这时候，天色已经微暗，李察孤独地开着车在公路上慢慢行驶。他一直想着："难道我错了吗？形势不景气，生意一落千丈，大家反而要求加薪。薪资开销增加，工厂如何能维持呢？"

虽然领了一笔资遣费，但李察仍然立刻"失业了"。他一边开车，一边想着该如何将这个坏消息告诉亲爱的太太。

天空飘下毛毛的细雨，黄昏的天气骤然转凉，冷风吹乱了李察的头发。李察把车窗摇上。就在这时，他瞥见一个老太太站在路边，不远处停着她的奔驰车。显然，老太太的车抛锚了，她需要协助。

李察本能地把车开向老太太，将车停在老太太的车前方。冷风吹着，细雨飘着，他的老爷车冒着烟喘着气。

老太太等了快一个小时都没人来帮忙，结果却来了一个脏兮兮的男人。老太太害怕起来，心想："这人到底是要来帮忙，还是要来抢劫？"

老太太看到走过来的李察头发凌乱，工作服脏兮兮的，无精打采，在这条人烟稀少的偏僻道路上，老太太不敢信任走过来的这个人。

李察看得出老太太对他的疑虑与害怕，脸上勉强挤出一丝笑容。但他也知道，在这条寂静无人的公路上，在他被解雇的当天，这点笑容，就和霏霏细雨下凛冽的空气一样僵。

老太太不过是遇到爆胎而已，对李察来说，换个轮胎就没事了。然而，爆胎对老太太而言，已经是很严重的事了，非要有人帮她不可。

李察对老太太说："我是来帮你的。我叫李察，你何不待在车子里暖和一点？在外面还要淋雨呢！"

老太太依言进了车内。

李察钻到她的车下，找了个适当的地方放下千斤顶，钻进钻出，又弄脏了他的衣服和手。不一会儿，他成功地卸下了旧轮胎，换上新的备胎。

当李察在换轮胎的时候，老太太摇下车窗，带着一丝疑惑跟他交谈。

原来，老太太是从相邻的大城市来的，到乡下拜访亲戚，但回程中走错了路，才误闯到这里。就在慌乱找路之中，不幸爆胎。

李察换好轮胎，把工具收拾好，然后将老太太的后车厢关上。

这时，老太太对他说："非常感谢你的帮忙。我应该付你多少钱呢？请你说个数吧！"

老太太其实已经在心里做了准备，如果李察要挟持她，或要挟她，她就把整个钱包给他，再不然就把整部车子给他，让他开走。老太太只求保命。

然而，李察压根儿都没想到钱的事，他只知道帮助需要帮助的人是他该做的事，何况是一个无助的老太太。他曾经帮过很多人，也被很多人帮助过。

于是李察对老太太说："不客气！你需要帮助，这是我该做的。如果你真的想回报我，那么当你遇到下一个需要帮助的人，就把要回报给我的那份拿去帮助那个人吧！"

老太太感激地把车开走了。李察直等到看不见她的车影，才动身驶着自己破旧的小货车回家。他似乎忘了失业的阴霾，心情一下转好了。他心里充满着刚刚帮助别人的快乐，忍不住欢快地吹起口哨。

　　老太太开了一会儿车，离开了这条人烟稀少的公路。前面似乎是一个小村落，有几家商店开着。老太太停下车，把窗子摇下来，一看旁边是一家咖啡馆，老太太决定进去吃点东西，稳定一下心情，顺便好好查看一下地图，搞清楚回家的方向再上路。

　　这是一家小咖啡馆，室内开着暖气，贩卖着一些热食热饮，可以填饱肚子。这家小咖啡馆的生意似乎不怎么样，只有一名女侍在张罗。

　　女侍看到老太太进来，身上带着雨水，赶忙拿了毛巾来帮老太太擦干头发，并把老太太外套上的水珠擦掉，把衣服挂起来烘干。她随即又忙着帮老太太点餐，让厨房烘烤食物，同时还要收拾其他桌子上别的客人用过的杯盘。

　　老太太注意到她挺着怀孕八九个月的大肚子，动作不甚利落，尤其是弯腰拣东西的时候，更显得有些困难。

　　等餐点的时候，老太太拿出地图，向女侍问路。女侍停下手边的工作，以愉快的声调，热心地回答了她的疑问，并告诉老太太要注意哪些路标。

　　老太太跟女侍聊了起来，知道她叫莎莉，预产期就在明天。

　　老太太说："莎莉！迎接婴孩来临是件兴奋的事，你明天就可能临盆，怎么还没有休产假呢？"

　　莎莉回答："能做多久就做多久吧！多几天工资也能多买

些婴儿用品呀！"

从莎莉的谈话及她廉价的衣着打扮来看，她不但不富有，或许还有点缺钱。

老太太突然想到了李察。毫无疑问，莎莉需要帮助。

老太太心中立刻响起了李察说的话："如果你真的想回报我，那么当你遇到下一个需要帮助的人，就去帮助那个人吧！"

老太太心里有了决定。

大着肚子的莎莉仍然在忙进忙出。老太太用完餐，总共十二元。

老太太拿出二十元的钞票，莎莉接过去，就去里面收款机结账。一会儿出来，却看不到老太太的影子了。

莎莉走到老太太用餐的桌子边，老太太的衣物和包包都不见了，显然是已经走了。但桌面上却另外放着五张百元大钞，旁边的餐巾纸上写着一行字："莎莉！我来这里帮助你，就像有人帮助我一样。如果你真觉得要回报我，就把这份爱心传下去吧！"

莎莉看了，感动得热泪盈眶，一股暖流从腹中升起。她摸摸蠕动中的肚子，胎儿正在踢脚呢！这真是上帝赐予的珍贵礼物啊！

当晚，莎莉一回到家，正要向丈夫述说今天的奇遇，却见丈夫愁眉苦脸地告诉她："亲爱的，我今天被主管解雇了，我失业了！真是对不起你，这下你和宝宝要吃苦了。"

莎莉连忙拿出老太太给她的钱，安慰丈夫说："李察，别担心！你看这五百元，够付医院的开销还有婴儿的用品呀！"

莎莉顺利地生下了孩子，健康活泼，人见人爱。李察后来也找到了新工作。

不久，听说原来那家修车厂因入不敷出倒闭了，连资遣费都付不起。李察感叹道："这真是天意啊！"

以后每当莎莉抱着小婴孩，就想起老太太的字条："如果你真觉得要回报我，就把这份爱心传下去吧！"

朋友！我们都应该立志把爱心传下去，让你我的爱心源源不绝。

行善，是诫命，没有选择。

把爱心传下去，是一项光荣的使命。

耳聋的残障同事

赖瑞是一家广告公司的业务员，他不幸在一场车祸中丧失了双腿，听力也受到极大的损伤，变成一个听障人士。

因为行动不便，赖瑞领了一笔抚恤金之后，就离开了原来任职的公司。

他想："我现在靠轮椅行动，已经不能再继续做业务了，我得去找其他适合我的工作做。"

但是找了很久，换了很多工作，他遭到了排挤和冷漠，尝遍了人情冷暖。赖瑞对人性失望透了，几度对生命丧失信心，性格也变得多疑猜忌，有时别人无心的冒犯，也让他的心情布满阴霾。恶性循环之下，赖瑞穷困潦倒。

终于，他鼓起勇气，回到原来任职的公司，请求总经理给他一份他能做的工作。总经理让他去行政部门工作。

同事们看到赖瑞回来，都非常高兴，热烈地欢迎他，让他重新尝到了人间的温暖与友情，重燃对生命的希望。

但因为行动不便，赖瑞在行政部门公文的传递上出现了问题，而且因为他的听力丧失，常常听错上司的指示，也常误会了同事们的需要。有一次，在一场宣传活动中，因为赖瑞的失误，险些酿成不可估计的业务损失。总经理不得不找到他，问他是否愿意再调个无关要紧也无足轻重的职务。

赖瑞很难过，也很懊恼，他舍不得现在的职务，于是请求总经理让他再试一段时间。赖瑞表示，为弥补听力的障碍，他愿意开始学习电子传讯，用email和同事沟通。他相信，用文字沟通就不会出错了。

总经理答应了他。

但是从此以后，赖瑞却觉得公司的同仁对他已经不再那么和善及热情了。他想："大概是连续几次失误让同事们愈来愈讨厌我吧！"

他常常看到同事们围在一起窃窃私语，不知道在讨论什么事，也不邀他参加，他只有默默走开。

以前同事们下班常有些聚会或餐叙，都会帮赖瑞推轮椅，邀他一起前往，但是从这件事之后，大家都很忙，再也没有下班后的聚会或聊天了。同事们都要参加每星期一、三、五下班后的另一项活动，地点就在公司里。不过这项活动也没有邀请赖瑞参加。

赖瑞心里非常难过，不由得自怨自艾，并且愤世嫉俗起来。

他想："我真没用！什么事都做不好。但这些同事们也未免太势利了，对残障的我一点同情心也没有！"

他愈来愈忌妒、埋怨，甚至想破坏同事们下班后的聚会活动。

有一天下班，赖瑞决定假装忘了带东西，回公司去拿，要一探同事们的行动，准备进行破坏。

当他走进公司，大家都吓了一大跳，公司并没有他原来想象中的卡拉OK或跳舞之类的活动，同事们是在上课，公司请了专家来讲授"照顾残障人士的技巧"，同时还有计算机课，教授同仁们学会打字、上网。

原来，当赖瑞向总经理要求用email及网络来与同事沟通时，总经理就计划安排这样的训练，借机提升公司员工操作计算机的水平。总经理一说出这个构想，立刻获得同仁们热烈的反应，连以前抗拒学计算机的几位资深同事，都表示愿意牺牲下班后的时间来学，为的就是要改善与赖瑞的沟通。

他们说："为了赖瑞，我们愿意！"

赖瑞看到这种景象，听了总经理的解释，眼眶充满了泪水。同事们如此有爱心，对他如此友善，甚至担心无意之间伤了他的自尊心，还刻意学习照顾残障人士的技巧，他真是太感动了！

想想之前的埋怨与感伤，多么愚蠢啊！他差点因为自己的多疑酿成不可收拾的后果。

没有信心的人，对自己多疑，也对别人多疑。有信心的人，能够自信，也能信任别人。

身体残障，或经历打击的人容易缺乏信心，性格难免多疑。

但信心能够医疗这样的疑心病。因为信心是战胜疑心病的最佳利器。

怀疑，是魔鬼的种子，要行破坏之事。

信心，则是用爱来战胜这世界。

比利的圣诞礼物

今年的圣诞节，十三岁的比利并不快乐。因为他的弟弟不久前在一场车祸中不幸丧生。这是比利记事以来第一次过着没有弟弟的圣诞节。

比利和弟弟从小玩在一起，感情很好。这些日子以来，比利经常思念弟弟，有时禁不住流泪。尤其圣诞节近了，百货公司的橱窗里摆满了圣诞礼物，四处回荡着圣诞歌声。比利触景生情，更是怀念过去和弟弟一起欢度圣诞节的美好日子。

今年的圣诞夜是在马莉姑姑家过的。整个家族团聚在一起，十分热闹。比利的爷爷、奶奶还有亲戚长辈，为了安慰比利一家的伤痛，特别挑选了好多精美的礼物送给他们。为了让比利开心，比利的爸爸妈妈也花了很多时间为他准备礼物，比利获得了许多他一直很想要的礼物。

虽然他很喜欢这些礼物，也很喜欢大家团聚的热闹气氛，可是少了弟弟，比利心里还是很忧伤。

吃过圣诞大餐之后，比利跟父母说他想去附近找朋友，然后自己回家。比利的父母看得出他想念弟弟不开心，就鼓励他去。

于是比利披上奶奶刚送他的圣诞礼物——一件暖和的毛呢外套，戴上爷爷刚送他的帽子与手套，把其他刚得到的礼物都塞进大袋子里，搁在叔叔刚送他的雪橇上，拖着雪橇就出门了。

比利想去找的朋友是他童子军队的队长凯文。他觉得凯文是个正直又聪明的队长，一定能够了解他现在的心情。凯文和守寡的母亲住在一间贫民公寓里，凯文常常需要打些零工贴补家计。

比利来到凯文的贫民公寓，但令他失望的是，凯文不在家。

比利转身回家之际，他看到这幢公寓的很多小屋子里有圣诞树和圣诞装饰品，其中一家，从窗子看进去，是破破旧旧的房间，空荡荡的壁炉上松垮垮地挂着一只圣诞袜。有个妇人坐在旁边哭泣。

那只圣诞袜让比利想起他和弟弟以前过的圣诞节，他们俩总是把圣诞袜并排挂着，隔天一早，袜子就会鼓鼓的，装满了礼物。但是他现在看到的这只圣诞袜，却是扁扁的，没有礼物。

比利突然想起，他今天还没有"日行一善"呢！这可是童子军的信条。

在这个念头还没有消失前，比利赶快过去敲了那家的门。

里面的妇人问："是谁呀？"

比利说："我可以进来吗？"

妇人开了门，看到比利拉着雪橇，上面满满的都是礼物，以为比利是来收礼物的。于是她说："我很欢迎你进来，但是我没有礼物给你，连我自己的孩子都没有礼物啊！"

"我不是来收礼物的。"比利回答她，"请你在我的这些礼物中挑一些喜欢的送给你的孩子吧！"

"真的吗？谢谢你呀！愿上帝祝福你！"妇人惊讶地说。

她挑了一些糖果、飞机模型、拼图等，当她挑上比利的父亲刚送他的手电筒的时候，比利差点儿叫出来。那是他一直很想得到的礼物啊。

终于，整只圣诞袜装满了礼物。

"你能告诉我你叫什么名字吗？"妇人很感激地问即将离开的比利。

"嗯，就叫我圣诞童子军吧！"比利回答。

比利走出妇人的家，心中有一股感动，一种说不出的喜悦充满心中。他发现，他并不是世界上唯一伤心的人。

比利把其他礼物都送出去了，送给那栋贫民公寓里其他的孩子。他的毛呢外套，也送给了一个缩在角落里冷得发抖的男孩。

比利慢慢地踱回家，天气好冷。他把所有的礼物都送光了，真不知道该怎么跟爸爸妈妈解释，也不知道他们能不能理解。

"你的礼物呢？儿子！"爸爸看到他进门，什么东西都没带，赶忙问。

"噢，我送人了！"比利答。

"什么？姑姑送的飞机模型？奶奶送的外套？你的手电筒？我们还以为你很喜欢这些礼物呢！"

"我是很喜欢哪！"比利嗫嚅着。

"那你为什么那么冲动就送人呢？你要我们怎么向爷爷奶奶，还有亲戚们解释？他们为了让你开心，可是花了很多时间为你挑选的。"妈妈说。

"那好，比利！你没选择了。我们不可能再买任何礼物给你。"爸爸口气坚决地说。

比利觉得很难过，弟弟不在了，爸爸妈妈对他失望，他觉得好孤单。他从来不期望他做的好事得到什么报酬，因为他晓得，行善本身就是一种奖赏，否则就失去行善的光彩了。所以他也没想再要礼物。然而，他开始怀疑这辈子是否还能再抓住今晚那份真正的喜悦，他以为已经拥有了，却一下子飞逝掉。

比利思念着弟弟，啜泣着上了床。

隔天早上，他起床下楼来，爸爸妈妈正在看电视，节目中正播放着圣诞音乐。主播说话了："大家圣诞快乐！今天早上我们最棒的圣诞故事是来自贫民公寓。那里有个肢残的孩子，早上得到一件礼物，是一架新的雪橇；另一个小男孩得到一件毛呢外套。好几个家庭说他们的孩子昨晚都接到了礼物，非常快乐。这些礼物是来自一个少年，没有人知道他是谁，他自称是'圣诞童子军'，但贫民公寓的孩子们都认为他就是圣诞老公公的化身。"

比利感觉到爸爸的手臂环绕过他的肩膀，他看到妈妈含着眼泪对着他微笑。

"你怎么没告诉我们？我们都不知道呢！儿子，我们真以你为荣！"

圣诞诗歌回荡在空中，整间房子充满着歌声和欢乐。

这是一篇在美国童子军网站上流传的故事。童子军一向标榜"日行一善"、"随时随地帮助人"的守则，并宣扬"为善不为人知"的美德。

朋友！你日行一善了吗？

木盒子

麦修现在是个成功的电机工程师，工作忙碌且颇有成就。他必须经常在世界各地飞来飞去，大小会议不断。也因为忙碌，所以他很少有时间陪太太和孩子。

有一天，他接到家乡母亲打来的电话："麦修！隔壁的韦恩伯伯，呃，就是你干爹，他过世了。葬礼就在这个星期天举行，你最好回来参加一下。"

"嗯……嗯，我得瞧瞧我的行程。"麦修的行程表在办公室的秘书那儿，他得先问问才知道有没有时间。

"麦修！我希望你回来！你干爹过世，你应该回来的，不是吗？"母亲说。

"是的，我是该回去参加干爹的葬礼。好！我会想办法挤出时间的。"麦修想到干爹的样子，就决定无论如何都要请假回去，于是答应了母亲。

韦恩伯伯是麦修小时候的邻居，就住在麦修家隔壁。他结婚多年却没有孩子，一直从事电器维修工作，小镇上每户家庭的电器坏了，都是找他维修的。

麦修的父亲早逝，韦恩伯伯担心麦修的童年缺乏父爱，所以收了麦修当干儿子，非常照顾他，可以说是麦修童年生活里的父亲。

麦修记得念小学时，每天放学，他总是放下书包就往隔壁韦恩伯伯家跑，看韦恩伯伯修理拆开的电风扇或洗衣机，直到母亲叫他回家吃饭为止。韦恩伯伯也会教麦修一些修电器的方法，有时候还让他小试一下。

有时韦恩伯伯要去客户家修电器，麦修总吵着要跟着去，韦恩伯伯拗不过他，总是答应他。好几次，客户还以为麦修就是韦恩伯伯的儿子。

韦恩伯伯也非常关心麦修的学业，还有他交朋友的情形。麦修还记得他大学考试发榜那天，韦恩伯伯焦急地等消息，比他还紧张。一听到麦修考入第一志愿著名的大学，韦恩伯伯高兴地请他们全家上小镇最好的餐厅庆祝。但从此麦修到都市去上大学，跟韦恩伯伯的联系就少了。

经过大学、硕士、结婚、生子，麦修只有在每年圣诞假期回家乡看母亲时，才会跟韦恩伯伯见上一面。只听说韦恩伯伯母几年前过世了，韦恩伯伯独自一个人居住，因为没有孩子，靠侄子就近照顾。如今终于年老体衰，也去世了。

麦修答应母亲要回乡参加韦恩伯伯的丧礼。他安排星期日上午一早的飞机回去，等葬礼结束就立刻赶回来。他的秘书说星期一他的行程已满档。

丧礼非常简单，参加的人并不多。韦恩伯伯家本来就人丁稀少，这下更是寥落，来的都是镇上一些老客户和老邻居。

丧礼结束，麦修回到母亲的家，那个和他小时候一样的老家。韦恩伯伯的房子仍在隔壁，只是空荡荡的，显得异常孤寂，因为主人离开了。

韦恩家的人还没有决定如何处置韦恩伯伯这间老旧的房子，他们告诉麦修，韦恩伯伯临终时有交代："只要麦修要的，都留给麦修。"

韦恩伯伯的东西虽然老旧，却充满着麦修小时候的回忆。

麦修感动地想："韦恩伯伯真是贴心呀！"只要麦修珍惜的记忆，韦恩伯伯都愿意替他保留。

麦修一边回忆一边信步走到隔壁。韦恩伯伯的客厅、卧室、家具，甚至工具箱，都是麦修再熟悉不过的东西。麦修一一抚摸，一阵心酸涌向心头。睹物思情，麦修眼睛湿了。

"当初如果没有韦恩伯伯从小给我传授那么多电机的原理和经验，我也不会走上电机工程师这条路的！其实，韦恩伯伯就是我的启蒙老师啊！"麦修的脑子里不断浮现出小时候在韦恩伯伯后面当小跟班的情景。麦修现在事业有成，功劳最大的可说就是韦恩伯伯呀！

麦修走到韦恩伯伯的橱柜旁，想起一个木盒子，那是麦修小时候在学校做的劳作，一直被韦恩伯伯珍藏在橱柜里。

"奇怪！现在怎么不见了？"麦修有点诧异，心想大概不知被谁拿走了。

麦修想起小学五年级时，学校教授木工这门课，麦修做好这个木盒子，就拿去给韦恩伯伯。

他记得那时他非常郑重地对韦恩伯伯说："这个盒子送给您，让您装您最宝贵的东西。"

韦恩伯伯一直留着这个木盒子。前几年麦修圣诞假期回家乡时，还看到那个盒子在韦恩伯伯的橱柜上。只是现在不知怎么不见了。

丧礼当天下午，麦修就搭飞机回到他工作的都市了。在进家门的时候，发现信箱里有一封信，原来是邮差来过了，因为没有人在家，于是留下一封信要他去领包裹。

麦修隔天去邮局把包裹领回来，一打开，赫然是那个木盒子！就是那个他小时候送给韦恩伯伯的木盒子。

木盒子被保存得很好，显然受到细心的照顾。麦修打开来，里面是一封韦恩伯伯写给麦修的信，字迹颤抖，看得出是出自一个握笔不甚稳健的老人。

信上写着："麦修！你说过这盒子要装我最宝贵的东西。感谢你在我这一生陪伴我这么多甜蜜的时光，那正是我最宝贵的。"

麦修的眼泪不禁流了下来。韦恩伯伯从小照顾他长大，一直都是韦恩伯伯在付出，应该是他要感谢韦恩伯伯才对呀，没想到韦恩伯伯却来感谢他，还认为那是他一生最宝贵的时光！

"早知道韦恩伯伯这么珍视我的陪伴，我就该多回家乡看看他才对。"麦修十分懊悔。本来以为长大了，不用给韦恩伯伯添麻烦了，谁知却是留下一个老人的落寞与孤单。

一抬头，麦修瞥见桌上太太和儿子的照片，还有一张儿子用稚嫩的笔迹写给他的卡片："亲爱的爹地：祝您父亲节快乐！"

麦修决定明天跟公司请个假，他已好久没带儿子去动物园玩了。

朋友！你现在的木盒子里装的是什么呢？是名利、事业、财富、地位吗？等到行将就木，你的木盒子里又会装什么呢？可以肯定的是，绝对不会是那些带不走的东西。带得走的只有感情与回忆。

人生最宝贵的是在付出！

付出所带来的快乐与满足感，将创造一生最美好的回忆。

买一个小时

富兰克是一个工作非常忙碌的资深律师，几乎很少回家吃晚餐。通常他晚上回到家，孩子都已经上床，或正要上床。他的太太和孩子总是抱怨说很久没有丈夫或爸爸了。

富兰克总是想："让我再多赚一些时候，就可以放手交给新进的律师去做。现在要趁年轻多赚一点钱。反正以后我会补偿太太和孩子的。"

有一天，富兰克拖着疲惫的身子回家，六岁的儿子杰森居然还没有睡，正在等他回家。

富兰克诧异地问："杰森，有什么事吗？"

小杰森说："爹地，找你们律师，是算钟点付费的吗？"

富兰克回答说："是呀！律师是算时间计费的。每个人的职级不同，能力不同，收费也不一样。"

杰森刚上小学一年级，富兰克以为他学校布置了家庭作业，所以很高兴自己帮得上忙。

他进一步告诉儿子："像爹地的职级算是高的，每小时的收费两百五十元。"他颇得意地分析给儿子听。

富兰克发现，跟儿子聊天是件很愉快的事。如果能够帮助孩子，满足他在成长上的需要，当然是件非常快乐的事。

他看到小杰森眼睛里充满了崇拜的眼神，显然儿子很喜欢爸爸这样跟他聊天。父子之间洋溢着浓浓的亲情。富兰克发现，他竟有一丝感动。

突然，小杰森说："爹地，那借我一百元好不好？"

富兰克一下子警觉起来，说："咦！我以为你是要写作业，所以才问我那么多；原来你是向我要钱。那可不行！你得先告诉我你要买什么才可以。"

富兰克皱皱眉头，心想："孩子什么时候养成了这种要钱的坏习惯？"

小杰森扳着手指头说："我零用钱已经存了一百五十元了，你再借我一百元，我就可以买你一个小时。你明天下班早一点回家，陪我玩一个小时，教我做功课，好不好？"

富兰克愣了一下，望着小杰森渴望的眼神，泪水差点夺眶而出。

他抱起儿子，答应了他。小杰森手舞足蹈地欢呼起来。

富兰克决定从第二天起每天准时下班。儿子要一个小时，他愿意给三个小时。当然，是免费的。

朋友！你是否在忙碌中迷失了自己？你是否因忙碌而错失了人生许多美丽的风景？

你有多久没有陪伴年迈的父母好好吃顿饭了？你有多久没有

陪年幼的孩子谈心、做功课了？你是否看得到双亲寂寞空洞的眼神？你是否察觉得出儿女渴望期盼的心情？

你有没有想过忙碌的结果，只换来一堆转眼成空、带不进棺材的物质。而忙碌的代价，却可能让你失去承欢膝下的满足，子欲孝而亲不待；也让你失去陪着儿女成长的快乐，亲子如同陌生人。

忙碌，注定是在追逐着一场必然的懊悔，追求到的注定是一个人间的遗憾！

朋友！既知这样的结局，何不早些悬崖勒马呢？

只掺了一点点

很多做父母的都很难说服处于青春期的子女们不要去看一些限制级的电影、书籍或杂志。詹姆士就是这样的父母。

詹姆士有两个孩子，女儿十三岁，儿子十一岁。他早已和他们约定好不准去看限制级的电影。

一天，孩子们跑来要求詹姆士准许他们去看一部很卖座的"特别辅导级"（PG-13）电影。这一级别的电影并不适于十三岁以下的儿童观看，如果硬要看，专家建议一定要有父母陪同。

詹姆士没有答应他们，于是孩子们七嘴八舌地游说父亲。

女儿说："这部电影中有我最喜欢的电影明星。我同学都去看了，为何爹地您这么顽固？"

儿子也说："我同学也去看了，他们说这部电影其实根本没什么不妥。"

詹姆士坚持说："专家定为特别辅导级，一定有他们的标准和道理。"

女儿说："爹地，我当然先去问清楚了。里面是说了一点点脏话，但只说了三次；是有一点点色情，只不过是性暗示，又没真的演出来；是有一点点暴力，但只不过是建筑物被炸掉，这种镜头电视上也常看到，根本没什么！真的，丝毫没有影响！"

孩子们又说了许多这部电影的好处：剧情很好，特效做得很棒，悬疑的气氛也掌握得恰到好处，还可能在影展中得奖。

他们并且说这部电影非常卖座，同学们都在讨论，如果没去看，就没法参与同学有关这个话题的讨论。"爹地，您不希望我们被同学孤立吧！"他们说。

反正就是强调这部电影优点很多，它远胜过一点点的小缺点。

詹姆士听完孩子的游说，还是不肯屈服。他说："我还要再想想，再说吧！"

孩子们的不满与不服写在脸上。

傍晚，詹姆士邀孩子们来吃他亲手烤的饼干。

他说："这是我按照最受欢迎的食谱做的，只是加了一点点新的东西。"

孩子们问："您加了什么新东西？"

詹姆士回答："也没什么！只有一点点狗大便。"

孩子们大叫："恶心！我才不要吃！"

詹姆士游说他们："狗大便真的只有一点点，根本没影响的！其他大部分的成分都是非常棒的材料，上等的巧克力，还有核桃。而且烘烤的温度和时间也非常恰当。我保证绝对是很好吃的饼干！"

他夸张地表示："而且这是你们最亲爱的爹地亲手为你们做的。你们不想让爹地伤心吧？"

孩子们仍然掩着鼻子，一副宁死都不肯吃的样子。

詹姆士说："这饼干优点那么多，远胜过一点点小缺点，你们干吗这么顽固？"

不管怎么说，孩子就是不肯吃。

最后詹姆士说："这饼干就和你们想去看的电影一样，都只有一点点不对。照你们所说的，根本没影响！这样吧！如果你们肯吃这饼干，就可以去看那部电影。"

孩子们齐声说："那我情愿放弃！"就跑开了。

以后，每当孩子们再要求去看某些限制级的电影或书报杂志时，詹姆士就问："那要不要我再烤一次狗大便饼干啊？"

孩子们便立刻结束了这个话题。

掺了一点点色情暴力的影片，就如掺了一点点狗大便的饼干，不一样就是不一样！

胡适先生写过一篇文章——《差不多先生》，描述一个做事不认真、不精确的懒人，却被大家称赞为不计较、有德行的圆通大师。大家学习他的榜样之后，就成了懒人国了。

差不多先生容许一点点不一样，轻易妥协，认为没什么影响。

其实，不一样就是不一样，往往看似没有影响，实则失之毫厘，差之千里。

　　商业电影向观众洗脑，世俗大众也跟着相信：一点点邪恶是没有关系的，是可以接受的。

　　朋友！你教育孩子是否也跟着世俗随波逐流呢？

爸爸的新车

年轻的爸爸丹尼尔每个月省吃俭用，终于存够钱，买了一部新车。

他非常喜爱这部新车，每天下班后都要擦拭一番，还不时清洗、打蜡，然后满意地端详半天，才进屋去。

丹尼尔有个五岁的儿子叫汉斯，看爸爸这么爱惜他的新车，也随着爸爸的情绪，洋溢着一股兴奋。

每天傍晚，汉斯倚在窗边等着爸爸下班，一看到爸爸的车子开进院子，就连蹦带跳跑出来迎接，跟着爸爸东瞧瞧、西弄弄，帮着爸爸整理他的宝贝车。父子之间的互动十分亲密，两人都很享受这段父子之间的甜蜜时光！

有一个星期五，丹尼尔下班开车回家，心想："今天工作得太累了，反正明天放假，今天就不洗车了吧！明天再洗！"

汉斯蹦蹦跳跳跑出来，听见爸爸说因为太累了，今天不洗车，就体贴地帮爸爸拿公文包进门，心想："爹地工作这么辛苦，我该怎么帮他呀？"

汉斯瞥见车子外表留有下午下雨的雨珠和一些灰尘，于是自告奋勇地说："爹地！您休息，今天我帮您洗车！"

丹尼尔听了颇为感动，抱抱亲爱的小汉斯，就让他去了，随后自己回房休息去了。

汉斯要洗车，一下子找不到抹布，从后院进了家门，看到厨房里妈咪平常刷锅的钢刷，脑中浮现了妈咪用力刷着锅的模样。"嗯！要学妈咪这样使力，才能擦得更干净！"

于是汉斯拿着钢刷，蘸上水，用力在车子上来回刷洗，就像妈咪刷锅一样。

刷了半天，奇怪！怎么愈来愈不对劲呀？平常爹地洗车子，都是愈洗愈干净，愈洗愈晶亮，怎么我愈洗愈花呢？

小汉斯带着一脸狐疑，跑去问爸爸："爹地！爹地！我这样洗车好像不太对，跟您平常不太一样，您快来看！"

丹尼尔应声出来一看，差点昏倒！他辛辛苦苦存钱买的新车，他奉为宝贝的心爱车子，一转眼就变成大花脸了！

小汉斯从爸爸脸上的伤心、愤怒，也知道自己闯祸了，不禁呜咽着哭了起来。"怎么会这样？怎么会这样？我是想帮爹地的忙呀！"

丹尼尔顿觉一股怒气往上冲，想一把将小汉斯抓起来毒打，但头脑中立刻想起一起新闻事件：加州有一名卡车司机，也因为女儿刮坏了他心爱卡车的表面，盛怒之下，把女儿的双手用铁丝绑起来，吊在那里处罚。等到他想起来去把女儿放下来时，女儿的手掌已经组织坏死，必须切除了。这件事造成卡车司机莫大的遗憾，最后举枪自杀，女儿心中也留下永远的恐惧。

这则新闻当时十分轰动，震慑了许多父母的心。丹尼尔想起这件事，告诫自己不要太冲动。

于是他"砰"地把门关上，进房间去祷告。他说："上帝呀！不要让我变成那个卡车司机，可我到底该如何处罚小汉斯才不致过当呢？"

不久，丹尼尔果然得到暗示："何必看表面，要看的是内心呀！"

于是丹尼尔开了房门出来。小汉斯正在抽搐掉泪，看到爸爸出来，吓得一动也不敢动。丹尼尔心中一紧，把小汉斯抱起来说："爹地知道你想帮爹地的忙！谢谢小汉斯！爹地虽然爱车子，但是更爱小汉斯啊！"

盛怒之下的冲动，常会造成一生永远无法弥补的遗憾！

节制，让盛怒中的人仍然保有爱心。即使孩子犯了过错让父亲生气，但父亲仍然是爱孩子的。爱里没有惧怕，父亲的爱，可以把孩子的惧怕驱除。

真 爱

很久很久以前，大家都住在一个岛上，包括快乐、伤心、知识，还有其他，当然也包括爱。

有一天，天使向大家宣布："这个岛要沉了，你们赶快离开，逃命去吧！"

于是大家开始修船，纷纷离去。

只有爱，他是唯一留下来的一个。

爱说："我要忍耐到最后一刻。"

最后一刻到了，这个岛几乎完全沉到看不见了。这时候，爱才决定要走，他开始找人帮忙。

刚好富有驾着一艘大船经过。爱叫住他说："富有！你能载我一起走吗？"

富有摇摇头回答说："不行！我船上装满了金银财宝，已经没有空间给你了！"

虚幻也正驾了一艘漂亮的船经过，爱向虚幻求助："虚幻！能帮我一下吗？"

虚幻回答说："不！你全身湿漉漉的，会弄脏我的船。"他独自走了。

伤心正好也在附近，爱向他求助："伤心！让我跟你一起走吧！"

但伤心也不肯，他说："不了！我太伤心了，所以必须自己独处！"

快乐也刚好从旁边经过，爱同样向他求助。但是快乐太快乐了，根本没听到爱在喊他！

最后，有一个声音说："来吧！爱！我载你！"那是一个长者。

爱觉得太荣幸了，高兴得忘了问长者的名字。

当他们到达陆地，长者就走了。

爱觉得他欠这名长者很多，就问知识："知识！你知道刚刚载我的那名长者是谁吗？"

"他是时间！"知识回答他。

"时间？"爱追问，"为什么时间要帮我？"

知识带着智能的微笑说："因为只有时间和智慧，才能够真正了解什么是爱啊！"

人间充满爱。父母子女之间有爱，兄弟姐妹之间有爱，老师学生之间有爱，朋友与朋友之间有爱。

爱，使人间美丽。

爱是什么呢？《哥林多前书》将爱的真谛说得很清楚："爱是恒久忍耐，又有恩慈；爱是不嫉妒；爱是不自夸，不张狂，不做害羞的事，不求自己的益处，不轻易发怒，不计算人的恶，不喜欢不义，只喜欢真理；凡事包容，凡事相信，凡事盼望，凡事忍耐。爱是永不止息。"

没有失去爱，不会懂得珍惜；年轻人往往不懂爱，因为尚未经历失去。

没有体验过爱，也不会了解爱的伟大；愚蠢的人往往不懂爱，因为缺乏智慧去洞悉爱无穷无边的能力。

爱，永不止息。

2

快乐的卖鱼人

我把小小的礼物留给
我所爱的人，
——大的礼物却留给
一切的人。

缠 结

一家纺织厂里有许多纺织女工，各个埋头操作，她们正把一大团纱线慢慢织成有纹路的布。

细细的纱线非常容易打结，一不小心就缠在一起，甚至缠在织布机上面，造成机器故障。机器出现故障后耗时耗力才能修好，而且要等大半天才能恢复生产。所以每一台机器旁边都立了一个告示牌，上面写着："机器如果缠线，请马上通知领班。"

但是即使这样警告，机器还是经常出故障，而且每一组的领班都不停地在纺织机旁忙得焦头烂额，不断帮助女工们解决缠线的问题。每次一弄就要大半天。

到月底计算生产绩效的时候，领班发现，绩效最好的是那位最常叫她的女工，领班一天要去帮她解决好几次缠线的问题；而绩效最差的，却是那位只找过她几次的女工，但领班每一次都要花很久的时间才能把她机器上的缠结打开。

经理颁奖给那位绩效最好的女工，大家围着恭喜她，并且问她心得："你到底有什么诀窍，为什么能做得那么快？你的机器不也常缠线吗？常听到你叫领班过去呀！"

这名女工谦虚地笑笑，指指机器旁边的告示牌说："我哪有什么诀窍？我不过就是照告示牌说的，每次机器缠线，就马上叫领班呀！"

其他女工七嘴八舌地说："我们不也一样吗？我们也是有问题就找领班呀，为什么就不能像你一样？"

这时，领班说话了："因为你们找我的时候，通常缠线已经缠了一会儿了，每次我都得弄半天才能把缠结解开。你们已经习惯先靠自己解决，等解决不了才找我。但那时缠结都已经比较难解了。

"但是绩效最好的那位，却是最听话、最聪明的。因为她是一发现缠线就马上叫我，我只要花几秒钟就能帮她弄好，她马上就能恢复工作。她叫我的次数虽然最多，但我花在她那里的时间却最少，她受到的耽搁也最少啊！"

朋友！我们做人处事是不是也像大多数的女工一样，不听信专家的话，宁可自作聪明地用自己的方法去解缠结，结果却愈解愈缠，等到后悔了想回头，却已经来不及了。

诚实的 "大律师"

查尔斯是一名成功的大律师。他有两个儿子，杰弗里七岁，安德鲁五岁。父子的感情非常融洽。

杰弗里和安德鲁平常看爸爸穿大律师的袍子，专门为弱势的人伸张正义，像电视电影里的英雄，对爸爸简直崇拜极了，认为他是正直、公义的化身。

两个人都立志学习爸爸，以后要成为受人尊敬的大律师。查尔斯也以此勉励他们，平常戏称他们为"杰弗里大律师"、"安德鲁大律师"。

一个天气晴朗的周末，查尔斯带着两个儿子去看球赛。他们走到售票口买票。查尔斯问："一张票多少钱？"

售票员是个妇人，回答说："十元。大人小孩票价相同。不过要看小孩几岁，六岁以下的孩子免费入场。"

售票的妇人一边说，一边笑眯眯地看着两个英俊的小男生，忍不住称赞说："这两个小男孩真可爱呀！"

查尔斯接口说："谢谢你的称赞！这位是杰弗里大律师，今年刚满七岁；这位是安德鲁大律师，今年五岁。我们三人共要付你二十元。"

售票的妇人呵呵笑了起来："哎呀！先生！你刚中了彩票是吗？你大可把这十元省下来呀。其实你可以说这孩子六岁，我一点也不会怀疑的。"

查尔斯笑着回答她："你说的虽然没错，但是这位杰弗里大律师不会这样做的，他总是对当事人说：'你瞒不过上帝的，还是诚实吧！'"

朋友！勿以善小而不为，勿以恶小而为之。

律师训练的第一条守则就是要绝对的诚实。即使是一点点谎言，也不被容许。因为坚守诚实是最好的策略。诚实也是诉讼中最佳的武器。

诉讼中，如果因一点小谎而失去法官的信任，那么再多的辩解也很难扭转法官的印象。因此，正直的律师会告诫当事人：务必要诚实。而正直律师的胜诉几率要比不正直的律师高多了。

聪明的人，会选择正直的律师，走正直的道路。

先做最重要的事

　　一名教时间管理的教授给学生们做实验，他拿了一个玻璃缸，旁边放了一堆手掌大小的鹅卵石、一袋小碎石、一袋沙子和一桶水。每样东西堆放在那里，看起来都比玻璃缸高。

　　他问学生们能不能把这些东西全部放进玻璃缸里。

　　几乎每个学生都摇头，因为光是放那些堆立起来比玻璃缸还高的鹅卵石，就不够放了，何况其他东西。

　　于是教授出来示范。他先把鹅卵石一个一个地放进去，全部放完时，刚好摆满了一缸。

　　教授再抓起小碎石，一把一把地放进去。只见小碎石滚进大石头间的空隙里，各自找到了安置的空间，整袋小碎石也都装进去了。

　　这时，玻璃缸看起来已经没有空隙了，那堆沙子能放得进去吗？大家一片怀疑。

　　只见教授从沙袋里抓起一把沙子，慢慢倒进玻璃缸里，然后将缸摇一摇，再抓一把，慢慢放入，再摇一摇。果然，沙子流到了缸底，塞在大小石头的空隙间。没多久，整袋的沙子都放进去了。

最后，教授拿起那桶水轻轻倒下去，水流到玻璃缸各角落，一下似乎都看不见了。慢慢倒了几次，整桶水居然又全部装进缸里去了。

在学生的惊呼中，教授问学生："从这个实验中，你们可以学习到什么？"

好几名学生举起手来愿意做答，教授点了其中一位。这位学生说："我们看到，尽管你很忙，看起来根本没有时间，但是只要认真调整一下，还是挤得出时间。"

教授说："很好，这正是时间管理的一个原则：正如看起来已经装满的玻璃缸，只要安排得当，还是可以容得下很多其他的东西。所以，只要时间管理得法，看起来已经很忙的行程表，还是可以挤出时间来做一些其他的事。"

教授继续问："还有一个更重要的原则，有没有人发现？"

学生们思索着。最后终于有一个学生犹豫地举起手，不太有把握地说："应该是先要把鹅卵石放进去吧，这样其他东西才放得进去。"

教授说："对极了！这正是时间管理最重要的原则：先做最重要的事。"

他解释说："正如要先把鹅卵石放进玻璃缸，才放得进沙石和水一样，办事情如果次序倒过来，就不可能成功。所以，一定要把最重要的事情先做好，才可能做好其他的事。如果次序倒过来，很可能什么事都完成不了。"

俗话说："鞭打快马，事找忙人！"意思是说，找人做事最好找忙人，容易较快完成。因为忙人懂得时间管理，会妥善运用空隙，再忙也挤得出时间来完成被托付的事。

生活中总有许多事要做，时间似乎总是不够用。专家建议将所有的事按重要与不重要、紧迫与不紧迫分类，然后先做重要又紧迫的事，其次做不重要但紧迫的事，再做重要但不紧迫的事，最后做不重要又不紧迫的事。

往往先做好重要又紧迫的事，就容易陆续完成其他的事。

那么，生命中什么才是最重要又最紧迫的事呢？

无可讳言，寻求真理和规律，是生命中最要紧的事。

只差两小时

有一个小男孩兴高采烈地跟父亲到湖边去钓鱼。

湖边立着明显的告示牌,上面写着这个湖的规定:"本湖鱼类的产卵期为七月到九月,为了保护鱼种,七月一日起到九月三十日止,禁止钓超过三公斤的鱼。"

小男孩学父亲把鱼饵挂上,丢掷到湖里,然后等待着浮标的震动。

晚上九点多的湖畔,月色很美,湖边树木的倒影在月色下显得宁静安详。四周静悄悄的,没有别人,只有这对父子,他们正专心享受钓鱼的乐趣。

突然,小男孩的钓竿动了,他迅速地将钓竿往上收,钓竿沉重地往下拉。小男孩知道钓到了一条大鱼,赶忙喊父亲来看。

果然是一尾漂亮的鱼,显然超过了三公斤。

父亲看看手表,对儿子说:"现在十点钟,离十月一日还有两小时,还在禁钓期。孩子,把鱼放回去吧!"

小男孩央求父亲说:"爸爸!我好不容易钓到这么漂亮的一条鱼,让我留着吧!这么晚了,又没人看到。而且,只差两小时而已。"

父亲坚定地回答："别说差两个小时，就算差两分钟也是违规。诚实是不能打折扣的。虽然没有人看见，我们却骗不了自己。"

小男孩沮丧地把鱼放回湖里去，说："好吧！可是我这辈子恐怕再也钓不到这么漂亮的鱼了。"

三十年之后，小男孩成为一名成功的企业家，他在接受媒体访问时说出了上述的童年故事。

他的确没有再钓到过那么漂亮的鱼，但是他说："每当我碰到一些模棱两可的事情，这条鱼就会出现在我脑海中。不论是做生意、谈判、交友、用人，该坚持的事，我一定会坚持。就像盖歌剧院，别说差两米，差两厘米我都不会妥协。"

政治讲求弹性，商业讲求双赢，感情讲求包容。但是真理与道德却不能妥协，诚实与正义是不容折扣的。

事实上，真正要达到具有弹性、双赢与包容的理想人生，必须先在真理与道德上建立一些不能妥协的原则，否则再圆融的理想也会沦为遥不可及的梦。

政治上的弹性，要建立在对正义目标的共同坚持之上，方能互相妥协退让。商业上的双赢，要建立在彼此对诚实的坚持之上，方能互相成就。感情上的包容，要建立在对爱的一致坚持之上，方能互相体谅。

快乐的卖鱼人

美国西雅图有一个鱼市场，叫帕克鱼市（Pikeplace），备受观光客欢迎，已经成为热门的观光景点。

这个鱼市场以欢乐著名，顾客涌到这里来，不只买鱼，还可以得到快乐。大家一传十、十传百，各地的观光客纷纷慕名而来。

许多媒体也来报道这个帕克鱼市，不是因为它卖的鱼比其他鱼市场新鲜或便宜，而是因为它具有其他鱼市场找不到的特色，它可以把顾客逗得发笑，开开心心地把"快乐"打包回家。

帕克鱼市在它的网页上自我介绍说："除了贩卖质量最好、最新鲜的海产之外，我们把工作做得很好玩，这让我们名声大噪。"

帕克鱼市到底是怎样制造欢乐的呢？其实说穿了也很简单，就是鱼贩每天像游戏一般工作，发挥创意，把工作做得逗趣好玩。

顾客一进帕克市场的入口，远远就看到一群人围在鱼市前面，以为是在观看什么表演，凑过去一瞧，原来是鱼贩把做生意做成了喜剧表演。

不时听到鱼贩用夸张的表演声调喊着："一条鲑鱼飞到明尼苏

达去啰!"鲑鱼果真就在半空中飞过,引起观众的惊呼和掌声。

鱼贩们口里哼着歌,还彼此唱和;而且个个身手不凡,把鱼儿抛在空中,接过来、传过去,好不热闹!人群中不时发出惊叹的呼声,像影片的音效,具有十足的娱乐效果。

他们与顾客的互动也像喜剧表演,不时让顾客参与抛鱼的游戏,顾客开心得合不拢嘴。一名年轻的鱼贩用夸张的表情把鲑鱼的口打开给小朋友参观,让小朋友就像进到博物馆活生生的动物世界去玩一样。

鱼贩们的欢乐也感染了附近的上班族,许多衣着整齐、西装笔挺的人喜欢来这里吃中餐,和鱼贩们玩一下,快乐一下,然后带着愉快的心情回去上班。

帕克鱼市在企业管理领域也非常有名。他们对待每一条鱼和顾客的方式,特殊而成功,已经被拍成教学录像带,并写成书。他们主要不在于教如何卖鱼营销,而是教"如何享受工作的乐趣"。因为他们创造了一个"像游戏一般"的工作环境,建立了"寓工作于游戏"的价值观,成为企管专家肯定、推崇的对象。

"买鱼送快乐",物超所值!难怪帕克鱼市生意兴隆。因为他们娱乐自己,也娱乐别人。

快乐是可以自己创造的,也是可以生产的。帕克鱼市就成功地生产了"快乐"这项副产品,而且比主产品得到了更多的肯定与回响。

自我设限

有一个老农夫，把一头硕大的水牛圈在草地上。那草地上有一个小小的木桩，老农夫就把牛拴在木桩上。

那木桩仅有水牛庞大身躯的十几分之一。只要水牛稍微一使力，木桩肯定会从地上脱落。

老农夫的小孙子这几天刚好到乡下来玩，看到了这头庞大的水牛跟小小的木桩，就问爷爷说："爷爷，这木桩这么脆弱，您用它拴这么大的一头水牛，难道不怕它挣脱吗？"

老农夫神秘地笑笑说："不会的，它不会挣脱的，它一直就是这样子的。"

小孙子一副难以置信的表情。

老农夫知道他的疑惑，悄声跟他说："其实，当这头牛还是小牛的时候，就给拴在这个木桩上了。刚开始，它也不是乖乖地待着，总会不时想从木桩上挣脱。可是，它那时力气小，折腾了半天也挣脱不了，后来它就放弃了。"

"它长大了以后，反而再也没想过要去跟这根木桩斗，就这样一直乖乖地被绑着了。"老农夫继续说。

"有一次，我拿草料喂它，故意把草料放得远一点，它伸长脖子也够不到，我试试看它会不会挣脱木桩去吃草。"

老农夫叹口气，说："牛啊，就是牛，它只叫了两声，就放弃了。就站在原地望着草料，不动了。"

老农夫拍拍小孙子的肩膀，说："我没真的绑它，它可是自己绑自己呀！"

绑住水牛的不是木桩，而是它自己。

多少时候，我们也像水牛一样，被一些假想的藩篱唬住了。

不过是一些稍一用力就可以脱落的小木桩，却能虚张声势地把我们拴在那里不得动弹！

说穿了，其实是我们自己选择自我设限，甚至自我放弃，甘于被捆绑。

这些把我们唬住的小木桩，常常不过是一些过去失败的经历，或是挫折命运的暗示，它让我们缺乏自信，不自觉就被唬住了。

在你人生的道路上，如果遇到障碍，请先瞧一瞧，或许不过是个小木桩罢了，何须自我设限呢？

少赚一点

有一个生意人，一次他去听牧师证道。牧师呼吁信徒应将所得的十分之一拿出来做奉献（什一奉献）。

牧师说："上帝特别在圣经中应许，只要切实遵守什一奉献的人，他必赐福。他承诺要敞开天上的窗户，把更多的福分赐予这样的人。"

牧师并说："上帝从来没有说过你们来试试我，只有在这件事上这样说。我们也从很多例子印证，切实遵行什一奉献的人，后来确实都赚得比先前还多。你们不妨试试看。"

这位生意人刚刚投了一笔资金筹建一个制造电话机的生产工厂，每天为他的生意祷告。听到牧师这样说，就决心试试看。

第一个月，生意人刚开张的生意还没有打出品牌知名度，赚的钱有限。但他恭恭敬敬地拿出十分之一到教堂奉献了。

以后每个月，他都照着牧师的话这样做。

一年以后，他的生意愈做愈有起色，顾客很喜欢他的产品，他的销售状况逐步起飞，订单涌至。

生意人非常高兴，向牧师表示："上帝真的是信实的上帝！果然照他的应许，把福气倾倒给我。"他跪下来祷告感谢上帝。

每个月奉献十分之一所得，他更是欢欢喜喜遵守。赚得愈多，当然奉献也愈多。

三年过去，生意人的事业更发达了，不仅产品广受消费者欢迎，他又并购了另一家工厂，俨然成为成功的企业家了。

他变得愈来愈忙碌，渐渐少来教堂参加聚会了，只是他的什一奉献仍然按时缴交。现在他奉献的数字已经相当庞大了，是当初的几十倍。

有一天，生意人突然跑来找牧师，向牧师抱怨说："我觉得什一奉献这个规定不太合理，我没钱的时候奉献十分之一才几千元，现在我每个月奉献十分之一就要十几万。奉献百分之一就很多了。"

他说："我奉献得实在太多了！牧师！有没有办法解决这个问题呀？"

牧师默不作声。

生意人仍然在十分之一、百分之一等数字上打转，算过来，算过去。

最后，牧师说："我看只有一个解决办法。"

生意人好奇地问："什么办法？"

牧师说："让我们跪下来祷告，求上帝不要再倒钱给你了，让你少赚一点吧！那你以后就不用奉献那么多啦！"

朋友！奉献愈多，赚得愈多！

但往往失信的是我们。许多人就像这位生意人一样，赚得不多时，捐个十分之一并不觉得怎样；等赚多时，十分之一的金额相形增加，看到应当捐献的数目，就开始犹豫、不舍了。

因此，赚得愈多，反而愈舍不得奉献。

3 小鸟的翅膀

静静地坐着吧，
我的心，
不要扬起你的尘土。

绿宝石镶钻项链

辛克莱是个小生意人，他祖父的祖父曾经是欧洲的贵族，但到祖父那一代就已经没落了。

辛克莱有个年轻漂亮的太太，她发现丈夫的身世之后，非常引以为荣，认为贵族世家应该属于上流社会，应该和各界名流来往。于是她极力结交权贵，企图跻身上流社会。

她在一场时装发布会上认识了威尔逊太太。威尔逊先生是位名医，许多权贵及名流都找他医病问诊，因此威尔逊太太认识许多贵夫人，经常和她们一起逛街、聊天。

辛克莱太太于是和威尔逊太太结为好友，通过威尔逊太太的引介，辛克莱太太也参加了贵夫人的聊天会。

有一次，这群贵夫人中的一名企业家夫人要为她刚当选议员的儿子举办一场盛大的晚会，邀请各界名流参加。威尔逊夫妇与辛克莱夫妇都接到了请帖，听说总统及总统夫人也会出席这场盛宴。

这是辛克莱夫妇第一次参加名流的社交宴会。辛克莱太太心想："要想出人头地，可得好好把握这个机会。我和丈夫可得好好打扮打扮，绝不能太寒酸，显得小家子气。"

她约了威尔逊太太一起去逛街置装，请威尔逊太太提供意见。

辛克莱太太在著名的百货公司为辛克莱先生买了一套全新的西装，也为自己买了一件墨绿色天鹅绒晚礼服。

试穿的时候，威尔逊太太说："我有一条项链，是墨绿色的宝石镶碎钻做的，和你这件礼服很搭配。"

辛克莱太太顺势说："我回家若找不到可以搭配的项链，宴会那天，就向你借那串项链用一晚吧。"

辛克莱太太心想，威尔逊太太的首饰一定名贵得很，家里那些寒酸的首饰哪里比得上？有幸借来戴一晚，一定可以让自己增色不少。

晚宴前一天，辛克莱太太就去约了威尔逊太太喝下午茶，并向威尔逊太太借了那串绿宝石镶钻的项链。

晚宴上，不仅辛克莱先生对太太这身打扮称赞有加，连总统夫人也走过来赞美说："这串项链真是让你气质出众。"

威尔逊太太更是向她眨眨眼睛，开玩笑地说："我从来不知道这串项链有这么好看，早知道就不借你，我自己戴！"

晚宴结束了，辛克莱夫妇仍然兴奋不已。回家前，他俩还去河边散了一会儿步，谈论宴会上的趣事及新认识的朋友，直到累了才回家。

等到上床时，辛克莱太太突然发现，她借来的那串项链不见了。回想一下，肯定是在河边散步的时候掉的。

她把辛克莱先生吵醒，到河边找了半天，但没有找到。河边散步的人不少，要被发现的话，早就被人家捡走了。

辛克莱太太非常沮丧，心想这下可糟了，如何向威尔逊人太交代啊？

他俩一夜都无法入睡。辛克莱太太说："如果让大家知道，多丢脸啊！"辛克莱先生想想说："那只好去珠宝店买一条还人家了！"

但是到哪里去买一条一模一样的项链呢？辛克莱太太从来没进过真正的珠宝店，她的"珠宝"都是地摊上买来的呀！

辛克莱太太想起一家非常有名价格又很昂贵的珠宝店，上次和威尔逊太太逛街的时候曾进去过，店员似乎都和威尔逊太太很熟。听说贵夫人们也经常在这家店出入，连总统夫人都是他们的常客。

辛克莱太太想："说不定威尔逊太太的那串项链就是在那里买的。"于是连忙过去寻找。

到了那家珠宝店，店员很快地认出她就是威尔逊夫人的朋友，立刻过来热情地招呼。她看到珠宝店的玻璃展示柜中正好有一串绿宝石镶钻的项链，和她丢失的那串一模一样。她心想："威尔逊太太果然是在这家买的！"连忙把这串项链买了下来。

签支票的时候，辛克莱太太才注意到，这串项链的价钱简直是天价。这张支票签出去，她和辛克莱先生多年的存款恐怕都要飞了。

"别想那么多了！还是先还给威尔逊太太再说吧！"她迟疑了一下，然后果敢地签下了那张支票。

项链还给了威尔逊太太，辛克莱太太松了一口气。晚上，辛克莱太太把这件事告诉先生，并说出了项链的价钱。

辛克莱先生一听到这价钱，睁大了眼睛，不敢相信地问："什么？我有没有听错？你再说一遍？"

等到确定听到的是那个天文数字时，辛克莱先生差点昏倒。

隔天一早，他打电话去银行想把支票止付，银行说来不及了，珠宝店昨天傍晚就已经把钱提走了。

那张买珠宝的支票让辛克莱先生陷入了可怕的财务危机。原来辛克莱先生前个星期刚进了一大批货，打算用银行存款来付这批货款，但现在存款拿去买项链，就没有钱付货款了。于是支票连锁跳票，辛克莱先生只得忙着东凑西借，疲于奔命。

债主不断找上门来，辛克莱先生应付得心力交瘁。屋漏偏逢连夜雨，这时，辛克莱先生又病倒了，必须住院治疗，不但没法照顾生意，医药费又是一笔沉重的负担。

一天，辛克莱太太收到银行的通知，说他们房屋贷款欠缴，必须拍卖房子。辛克莱太太只好搬到医院旁的小公寓去住，以便就近照顾生病的丈夫。半年之后，他们的财务还是撑不住，辛克莱夫妇只得宣告破产，靠政府救济金过日子。

辛克莱太太怎么也想不明白，为什么一串项链居然会给他们家带来如此残酷的厄运。她没有心情再去找威尔逊太太问个清楚，也没有脸再和贵夫人们往来。等到辛克莱先生康复出院，他们就搬到乡间小镇去住了。

在乡间小镇的日子，辛克莱夫妇把自己的心灵封锁，不和任何人来往，过着离群索居的生活。邻居们在他们脸上从来看不到任何笑容。

辛克莱太太对先生充满歉意，用沉默和孤独惩罚自己。她想："若不是丈夫的身体还需要照顾，我早就了此残生了！"

他们封闭、抑郁的心情，直到教区牧师连续多次来访之后，才逐渐抒展开来。

辛克莱先生开始尝试恢复做小生意，他向小镇的银行贷款，买下镇上一家文具店，开始辛勤地工作。

为了不让辛克莱先生太过操劳，辛克莱太太也尽量到店里帮忙。进货、补货、卖货、点货，辛克莱太太学习小店需要的所有商业技巧。她终于了解支票与银行之间的运作关系，也终于搞懂为什么那张买珠宝项链的支票开出去后，会引起先生连锁跳票了。

辛克莱太太以赎罪的心情，在店里什么事都做，像极了灰姑娘的模样，和过去娇贵的她简直判若两人。而她朴实的作风与亲切的招呼，也让小店的生意日益兴隆。

邻居们发现，展开笑容的辛克莱太太居然还是个大美人。

一天，店里需要到他们过去居住的大都市去采买补货，辛克莱太太体贴先生那阵子太劳累，自告奋勇说要代替先生去出差。

辛克莱先生亲了亲太太，就送太太到火车站去搭车。从小镇到他们从前居住的大都市，需要搭四个小时的火车。

辛克莱太太抵达中央车站后，步行到发货中介商位于商业中心的公司，办好了事情之后，准备立刻搭下午的火车回小镇去。

她看看手表，离火车开动的时间还有一小时。她走向步行区的咖啡座，想坐下来喝杯咖啡休息一下。

正在她专心点餐的时候，一位太太走过来，移动她旁边的坐椅，她抬头一看，竟然是七年未曾谋面的威尔逊太太。

威尔逊太太一把握住辛克莱太太的手，激动地说："你们跑到哪里去了？我找你们找得好辛苦！我持续祷告了好几年，希望上帝帮我找，现在终于找着了！这下可不放你走了。"

辛克莱太太诧异地问："为什么要找我们呢？"

威尔逊太太说："因为我发现你还我的那串项链并不是我的呀！我要找到你好还给你呀！"

辛克莱太太好奇地问："一模一样的项链，你怎么知道不是你原来借给我的那串呢？"

威尔逊太太说："一天，我到那家珠宝店去逛，又看到一串一模一样的绿宝石镶钻项链，那是那家珠宝店的招牌商品。店员告诉我说你前几个月才买下同样的一串，问我是否动心要买。"

"我回答说，我才不买！那么贵！我先生不知要看诊看多久才能赚到这样的数目。回家以后，我心想你还真富有，买这么贵的项链戴，一定是对我借你那串假宝石假钻石的项链很不满意。到那时，我才把你还我的那包东西打开，把项链拿出来看，赫然发现这家珠宝店的标签还在上面，所以我知道你述找的这串项链就是你向这家店买下来的那串。"威尔逊太太说。

辛克莱太太诧异地问："你怎么说你借我的那串项链是假宝石假钻石的呢？你不也是在同一家珠宝店买的吗？"

威尔逊太太说："我的那串是假的！当初这家珠宝店推出这一款式的项链之后，就介绍给我看，我觉得漂亮虽漂亮，但太贵了！当然，那么多钻石镶的，不贵也难！但我就是嫌贵，坚持不买。有一天我到意大利去，在一家小店发现有好多精美的镶钻项链，钻石全是玻璃假钻，但做工满细的，一百元一串，真是便宜，我一口气就买了十串，各式各样的。借给你的时候忘了告诉你是假钻。不过你瞧，那天戴在你身上，比真钻还好看哪！"

辛克莱太太呆住了，这简直像天方夜谭！她在这串项链的魔咒下经历了多大的苦难，到头来居然是一串假项链，多么不值得呀！

威尔逊太太继续说："我当时发现你拿错项链还我了，就想找你换回来，但是你家一直没人接电话。后来我直接到你家去找，却发现银行正在贴公告要拍卖你的房产，这才晓得你家出事了。怎么这样不辞而别呢？朋友本来就要互相帮忙的呀！"

威尔逊太太催促着辛克莱太太说："你别再让我找不到

了，总要把项链换回来呀！"

辛克莱太太叹口气说："你借我的那串项链不小心被我弄丢了，就是因为如此，我才去买一串还给你呀！没想到这一下却改写了我的人生。"

威尔逊太太听完了辛克莱太太的遭遇，忍不住抱着辛克莱太太，流下了同情的眼泪。

"都是我不好，应该早告诉你那串项链是假的。"威尔逊太太懊悔万分。

"不，不是！这都是上帝的好意！他要除掉我爱慕虚荣的品行，要释放我灵魂的捆绑。"辛克莱太太语重心长地回答。她告诉威尔逊太太："我已经挥别了厄运的阴影，彻底从牢笼里走出来了！"

最后，威尔逊太太终于把那串天价的宝石镶钻项链还给了辛克莱太太。但是辛克莱太太已经不再需要它了，于是就把它挂在文具店的墙上当装饰品，以便随时提醒自己，勿忘那段牢笼般阴暗岁月的教训。

她现在可是对重生的生命充满感恩！

而那串挂在墙上的钻石项链，虽然偶尔会引起顾客的注意，却没有人觊觎它，大家都认为那不过是一串便宜的假钻项链罢了。

朋友！你是否也曾受困于欲望的枷锁，遭遇到厄运的诅咒，心灵被捆绑在黑暗的牢笼？

　　人类与生俱来的罪性与原始欲望，正如枷锁般将我们的灵魂禁锢在黑暗的牢笼里。贪慕虚荣、觊觎富贵，逼使我们孜孜矻矻、汲汲营营，生命难以获得丝毫喘息。

　　这正好给魔鬼一个大好的机会，不费吹灰之力就捆绑了我们的心志，奴役了我们的灵魂。

　　朋友！你是否已挥别厄运的阴影，从黑暗的牢笼中被释放了呢？

有理变成无理

一天，一辆公交车上乘客不多，大家几乎都坐在前半车厢的博爱座（老幼病残专座），后半车厢的一般坐椅只有两三个人。

一位中年妇人带着一大把花束上了车，看看前半车厢的博爱座还有两个位置，于是自己坐了一个位置，把花束放在另一个位置上。

一位年轻人上了车，看了看四周，朝着放花束的椅子走过去，以为那是个空位，一看，位置上有一大把花束。

他在放花束的座位旁站了一会儿，示意花束的主人把花移开，但那位中年妇人假装没看见，不为所动。

年轻人皱了皱眉，也没出声，就坐到后面的位子去了。心想："碰到这么没公德心的人，算我倒霉！不跟她计较。"

不多久，上来一个胖女人。胖女人也朝四周看了看，也以为放花束的位置是个空位，于是走过去要坐，一看也发现有一把花束搁在位置上。

胖女人看看后半车厢虽然还有很多空位，但心想："我不喜欢坐后边，后边车厢座位太颠簸。还是让花的主人把花拿起来让我坐吧！"

她站在花束的座位旁不走，示意花束的主人把花束挪开让她坐。没想到那位中年妇人仍然假装没看见，没有任何动作。

这下，胖女人不客气地开口了："这位置是给人坐的，不是给花坐的。怎么这么没公德心！"她的口气相当不悦，有点要吵架的味道。

那位中年妇人看到胖女人这样出言不逊，看来是躲闪不了了，连忙轻声说："请你往后面坐好吗？后面还有很多空位！"

看到胖女人满脸怒容，中年妇人又连忙堆起笑脸补充说："要不是看后面空位还多，我早就把花拿起来了。"

胖女人这下发飙了："我爱坐哪儿就坐哪儿，这是我的权利。你为什么不去坐后面？为什么不把花放后面？奇怪了！这是博爱座，你不知道吗？真是没公德心，不知羞耻！"胖女人的态度强硬，出言不逊，和中年妇人吵了起来。

车内的乘客听到吵架声，纷纷来劝架。

乘客甲说："哎呀！后面有位子坐就好了，吵什么吵！"

乘客乙说："是呀！才几步路，到后面去坐嘛！何必那么斤斤计较？"

连刚刚那位原想坐花束位置的年轻人都冲着胖女人劝说："别计较了！你这么凶，都把大家吓着了！"

胖女人看到大家居然没有帮她，反而劝阻她，更加生气了，大骂："你们这些人有没有是非？明明是她不对，为什么还帮她说话？这是博爱座耶，老娘六十六岁了，我才有资格坐博爱座。年轻的都应该起来让座，何况是花！"

大家看她不听劝，也就都闭嘴了。中年妇女脸上堆着一副无辜的可怜样，不发一语，不过仍然没有让座。

不久，胖女人气还没发完，就到站了。她下车了！

刚刚几位劝架的乘客在她下车后，轻蔑地说："真是凶婆娘！"

有一个人说："六十六岁？谁信呀！看她骂人中气十足，我才不信她是老人。"

这时司机开口了："刚刚这位太太真的是老人，免票上车啦！她是这班公交车的常客，只坐三站就下车。她的腿有点痛风，所以不喜欢坐后车厢。"

司机随后对那位中年妇人说："老实说是你不对，你不该占住博爱座的。但是她态度不好，反而没人管你对不对了。下次可别再这样了！"

事情一复杂化，就会模糊焦点，原来的是非对错反而显得不重要了。

很多时候，胜负的决定在"态度"，而不是"是非"。

用柔和谦卑的态度让凡事单纯化，回归事情的本质，就不会因为态度不好而模糊了焦点。

《箴言》上说："回答柔和，使怒消退；言语暴戾，触动怒气。""恒常忍耐可以劝动君王，柔和的舌头能折断骨头。"

奔驰奴

乔治从小就喜欢车子。小时候，只要出门看到小玩具车，一定央求妈咪买给他。才四岁，乔治就已经记得很多个厂牌车子的形状。走在街上，瞄一眼路上行驶中的车子，立刻就说得出是哪一家公司、哪一年份出品的车子。

在所有的车子中，乔治最爱奔驰车。

念中学时，乔治的同班同学阿瑟家里正有一部奔驰车。阿瑟的父亲是个有钱的生意人，请了司机负责驾驶这部奔驰车。阿瑟知道乔治喜欢奔驰车，所以经常拉着乔治，央求司机载他们出去兜风。

有一次，乔治和阿瑟在奔驰车旁玩耍，两人闹着去拉奔驰车前那个圆形的标志，一不小心，那个标志被乔治扯断了。司机恶狠狠地要乔治赔偿，阿瑟不但没有帮他说话，还讥笑地说："这个标志可不便宜哦，你们家赔得起吗？赔不起的话早点说，我让爸爸开恩，放你一马！"

乔治不想求饶，也不敢告诉父母，于是偷偷地拿零用钱分期付款，偿还阿瑟家的司机，但从此就和阿瑟疏远了。他在心中发誓，以后赚钱一定要买一部奔驰车，他可不想一辈子让阿瑟看扁。

乔治大学毕业后被分配到一所中学去教书，他仍然梦想有一天能拥有一辆属于自己的奔驰车。问题是，中学教员收入有限，很难买得起如此昂贵的车子。

乔治太太深知他心中这个遥不可及的梦，每逢乔治生日，就去买一辆奔驰的车模送给他。十多年下来，乔治的书柜里摆满了各式各样的奔驰模型车，一有空他就拿出来把玩。他总是幻想着有一天能真正拥有一部奔驰车，驶在路上飞奔，让他的身份地位一下子上升好几倍，四周投来羡慕的眼光……那种得意的滋味，令他飘飘欲仙。

谁都知道奔驰车是乔治的偶像，乔治是奔驰车的超级粉丝。

有一年，乔治和太太得到一笔意外的小财富。刚好碰到一名奔驰车的销售员向乔治推销，愿意打点折扣给他。他一时冲动，没有和太太商量，就买下了一部奔驰车。等太太发现，已经来不及了。

乔治太太本来是想拿这笔钱作为买房屋的头期款，趁手头较宽裕的时候换一间条件较好的住房。现在钱花在奔驰车上，新居泡汤了，只好仍然住在原来的平民住宅区里。

买了新车，乔治应该很快乐才对，而事实却相反。当这部奔驰从乔治的幻想中走进真实世界，不但没有提升他的身份地位，反而为他带来无穷的烦恼与不便，让乔治一家人的生活陷入一股莫名的紧张与压力中。

因为平民住宅区的房子没有车库，乔治只好把奔驰车停在露天开放式的院子里。院子没有栅栏或围墙，极易遭窃，于是乔治一家人开始过起担惊受怕的日子。

他们被迫以车子为中心，只要车子停在院子里，就一定要竖起耳朵，随时盯着车子看，避免偷车贼下手，连晚上睡觉也提心吊胆。

以往乔治都是搭公交车去学校授课，开了几次奔驰车到校，不但显得招摇，而且油钱也是一笔不小的开销。后来他还是决定搭公交车去上班，把奔驰车停在家里。但这却苦了乔治太太，她不再像以前那样，可以自由自在地想去哪儿就去哪儿，因为不放心把奔驰车单独搁在家里没人看护，怕遭窃。

如果是把奔驰车开出去，更要小心选择地点。若开到贫穷的区域，怕有人因嫉妒或不小心刮伤车体，单是钣金就很昂贵。

购物中心的免费停车场在顾客稀少的时候也很不安全，乔治太太常必须把车子开到更远处较安全的收费停车场停放，再走回购物中心买东西。乔治太太失去了悠闲购物的心情，脑中只盘算着停车费一小时要多少钱，以便赶时间去取车。

有一次，乔治必须去一个以治安紊乱闻名的小区做研究调查，那里经常出现绑架案，奔驰车开到那里，不但经常被破坏，车主还有被绑架的风险。乔治只好向同事借了一部老旧的车，才敢上路。

乔治太太感叹说："自从奔驰'大爷'进到我们家以后，

全家都变成它的奴隶了。"

一年之后，乔治终于和太太商量，把奔驰车卖了。他说：
"当了半辈子的奔驰迷，可不想再当奔驰奴了。"

偶像崇拜容易让自己不自觉着迷，为之驱使，将自己贬抑到奴隶的地位。

有些人拜金，为取得钱财不择手段，成为金钱的奴隶。有些人拜名，为打知名度不惜牺牲一切，成为虚名的奴隶。

在偶像崇拜之下，人很容易不自量力。没有能力却硬撑，不但非常辛苦，而且注定了要被奴役。

挂 钟

　　乡下有一个农夫，小时候患了小儿麻痹，两腿发育不均匀，一长一短，所以走起路来一瘸一瘸的，俗称"长短腿"。

　　他总是自怨自艾，抱怨自己的命运不好。而且认为自己没出息都是这两条有缺陷的"长短腿"害的。

　　农夫有个亲戚从城里来，送了他一座挂钟，勉励他说："这座挂钟的两条腿跟你一样，也是一长一短。但它工作起来可一点也不含糊喔！"

　　农夫非常喜爱这座挂钟，把它挂在客厅最显眼的地方。他聚精会神地观察这座挂钟如何工作：只见挂钟的长针与短针一分一秒地走啊走，一到正点，就"当当当"敲响，几点就敲几下。农夫觉得神奇极了，忍不住感叹道："这座挂钟的工作表现果然是一等一呀！"

　　晚上他要睡觉了，又去看他心爱的挂钟。挂钟还是滴答滴答一分一秒不停地走，他钦佩地说："还是你行，走一整天都不累！我可累了，要去睡觉了。"以后，每天晚上睡觉前，农夫都会走到挂钟前面，钦佩地向挂钟立正敬礼。

　　他觉得挂钟可以不眠不休用有残缺的两条腿一直不停地

走，丝毫不用休息，令他敬佩极了；他自忖自己是做不到的。他拍拍自己的两条腿，又自怨自艾起来："你们就是不如挂钟，害我一瘸一瘸的，一辈子不能出人头地。"

有一天，农夫发现他心爱的挂钟突然停下来不走了。长针短针都停止不动，也不敲响。农夫仔细摸摸挂钟，发现钟摆还能摇晃，他想："既然钟摆还能动，可见这钟还没坏死，只是两条腿坏了。"

他随即又想："挂钟生病了，一定要赶快带它去修理，免得像我小时候生病，就变成了长短腿，误了我一辈子。"

于是他小心翼翼地把挂钟的两条腿拔了下来，用一块棉布仔细地包好，赶忙拿到城里的钟表店去修理。

钟表店师傅一头雾水，问明原来是挂钟坏了，这两条腿不走了，不禁哑然失笑："可是它坏掉的是'心'，不是'腿'呀！"

人也和挂钟一样。有缺陷的人生并不是来自有缺陷的身体，而是来自有缺陷的心。

身体生病时，可以耐心求医，心灵生病了，却没有药医。一如圣经所说："人有疾病，心能忍耐；心灵忧伤，谁能承当呢？"

世上有许多残而不废的人，因他们心灵强健，克服了身体的残疾，潜力不可限量。世上也有许多身强体壮的人，却因为心灵生病了，写下残败的人生。

玻璃与镜子

有一个富有的商人，老是闷闷不乐。成天坐在他那间装潢得美轮美奂的办公室里唉声叹气，也不知道为什么会这么不快乐。

他办公室那条街的街角有一间小花店，店虽小，但生意非常忙碌，只有一个花贩在张罗生意，忙进忙出，但脸上总是堆满笑容，还哼着歌，同时亲切地跟每一位路过的邻居打招呼。

这位商人很纳闷儿，心想："他又没我有钱，事业也比我差多了，为什么会这么快乐，而我却快乐不起来呢？"

他去请教牧师，央求牧师帮他去探访那位花贩，探究一下花贩快乐的秘诀。

那天，牧师要去探访花贩，走到花店对面，正要过马路，正在店里整理花束的花贩已经透过透明的窗玻璃看到他了，立刻亲切地和牧师打招呼。

牧师走进店里，花贩主动开口与他寒暄，并关心地问："牧师您是要去探亲访友吗？对方是什么年纪？需要我怎么帮您服务？"

牧师观察到，花贩对所有上门的客人都亲切地关心他们的需求，连路过的邻居，他也会主动打招呼，表达关怀。牧师知道他为什么活得那么快乐了。

牧师买了一束花后去拜访商人。商人的办公室在大楼最里面，必须经过警卫、秘书才到。秘书请牧师在会客室里坐了几分钟，牧师才能进去。

牧师环顾商人的办公室，装潢非常豪华，沙发十分考究，还有吧台，但没有窗子，只有一整排的大镜子。

商人看到花束，知道牧师去探访过花贩了，急切地想知道结果。

牧师问商人："你去过他那间花店吗？"

商人不屑地回答说："当然，那店只不过是几片玻璃而已。"

牧师又问："那你在他花店抬头看，都看到些什么呢？"

商人回答："看到玻璃窗外一堆人来人往的嘈杂场面呀！"

牧师又问："那么你在你的办公室抬头看，又看到些什么呢？"

商人一抬头，在大片的镜子里只看到自己愁烦的面孔。他答："嗯，只看到我自己！"

牧师说："这就是啰！你老是看到自己，看不到别人，怎么快乐得起来呢？"

玻璃与镜子的差别在于玻璃能让视线穿透，看到别人的存在；镜子后面则有一层水银，阻挡了眼睛的视线，反射回来只能看到自己。

眼睛如此，心灵也是一样。当心灵透明如水、清净无碍时，就自然宽广；若心灵遭到阻挡、有所窒碍时，必然狭窄。

心地宽广的人无私、博爱，乐于付出。心胸狭窄的人自私、无情、斤斤计较。

乐于对别人付出爱心与关怀，会带来喜悦与福气；以自我为中心而吝于付出的人只在意自己，爱心必然消逝，快乐也会随之失去。

助人为快乐之本，施比受更为有福，这是千古不变的真理。

乐于包容心自宽，勤于施予品自高。愿意与否，只在一念之间。

怀　表

有一名女教师，她的男朋友要远赴外地去工作，行前给了她一只怀表，作为定情之物。女教师非常珍爱这只怀表，常常拿出来把玩，听着怀表滴答滴答的声音，见表如见人。

由于思念情人，女教师把怀表挂在腰带上，片刻不离。

有一天，她带着全班学生到农场去参观，做户外教学。他们在一座谷仓里上了半天课。

没想到，从谷仓出来时，女教师发现她心爱的怀表不见了。

她非常着急，发动全班学生回去帮忙找。学生们找遍了谷仓每一个角落，几乎把稻谷都翻了起来，还是找不到。

女教师伤心得哭起来。同学们面面相觑，不知如何是好。几个年纪比较大的同学再回谷仓找一遍，还是没找到。

这时，农场主人五岁的小儿子走过来，自告奋勇地说："别伤心，我帮你找！"

女教师和同学们都不抱希望。他们那么多人仔细地找都没找到，一个五岁的孩子又有什么能耐找到呢？

在七嘴八舌的议论中，这个五岁的孩子一溜烟跑进了谷仓。

不多久，孩子从谷仓中跑出来，手里拿着的正是女教师的怀表。

女教师喜出望外，高兴地拥抱孩子，谢了又谢！然后忍不住问他："你怎么找到的？我们刚刚翻遍了整个谷仓都没找到！"

孩子说："我什么事都没做呀！我只是静静地坐在地上。没多久，就听到你的表滴答滴答的声音啊！"

耳安静，能听声音；心安静，能听良知；灵安静，能听天道。

安静具有极高的价值。耳根清净之外，也当求心灵的安静。

扔掉的新手套

　　火车停靠在站台上，一位老太太大包小包地上了火车，小孙女蹦蹦跳跳地跟在一旁。她们正要去看望老太太在外地工作的儿子，也就是小孙女的爸爸。

　　老太太要小孙女找座位号码。一阵忙乱之后，她们总算在靠窗的两个位子上坐了下来。

　　老太太整理着她刚给儿子买好的礼物，大包小包的，吃的、穿的、用的都有。小孙女非常兴奋，也挤过来要看。

　　老太太拿出一副皮手套，这是她刚在市场上为儿子买的。她对小孙女说："这么冷的天，你爸爸还要在外面奔走，他需要一副好手套。"

　　顽皮的小孙女一把将手套抢过来，说："我看，我看！"顺手就把手套戴在手上玩耍。小手放在大手套里，像在玩木偶戏。

　　火车开动了，慢慢加速。老太太提醒小孙女："快把手套脱下来，免得掉到窗外去。火车是不可能停下来让我们找东西的。"

　　话音未落，一不小心，搁在窗台上的那只手套果然从小孙女的小手上脱落了，一下掉到车外去了。

小女孩着急地大叫："奶奶，奶奶，手套掉了！手套掉了！"她一脸的懊恼及沮丧。

　　老太太一听，抬头看看窗外，火车刚刚离开站台。突然，她把小女孩手上另一只手套也丢出了窗外。

　　"奶奶，你为什么这样做？"小孙女大吃一惊。

　　老太太拍拍小女孩，让她安静坐下。对她说："反正已经掉了一只，剩下这只也没有用了。还不如一齐丢出去，让捡到的人可以用啊！"

　　既然自己不能圆满，何妨成全他人。你能有这样的胸襟吗？

　　许多人做不到，因为嫉妒的心理。自己无法拥有，也不愿别人拥有；自己失去的，更不愿别人占用。

　　然而，嫉妒对人体是不好的。圣经中说："心中安静是肉体的生命；嫉妒是骨中的朽烂。"（《箴言》第十四章三十节）

　　有些人愿意像故事中的老太太那样成全他人，却感叹自己反应太慢，错失了许多行善的机会。

　　其实，行善是可以学习、可以操练的。当行善变成一种生活习惯，变成一种自然反应，也就不会错失机会了。

一公斤

一个面包师傅气冲冲地跑到法院去控告一个卖鲜奶的农夫。

法官问他怎么回事。

面包师傅生气地说:"他卖给我的鲜奶每一瓶都斤两不足。"

法官问卖鲜奶的农夫说:"你怎么可以这样呢,你难道不知道这是诈欺吗?"

卖鲜奶的农夫连忙答辩说:"冤枉呀!法官大人,怎么可能有这种事?我送牛奶之前都先称过的。"

面包师傅于是呈上证物,将一瓶刚送到的鲜奶交给法官。这瓶鲜奶的包装上注明着"重量:一公斤"。

当法官把这瓶鲜奶放到磅秤上的时候,磅秤显示的却只有八百多克。

法官对卖鲜奶的农夫说:"这下证据确凿,你还有什么话说?"

卖鲜奶的农夫非常困惑,连声辩解:"我们农场在乡下,比较落后。我们没有用磅秤,都是用传统的天平。可是我每次送鲜奶到城里之前,都在天平上称过的,怎么会发生这样的事呢?"

法官问："天平？那你去把砝码拿来，看是不是重量不足？"

卖鲜奶的农夫很不好意思地说："报告法官大人，不瞒您说，上个月我天平上的砝码被孩子玩耍时弄丢了。"

法官不耐烦地说："什么？弄丢了？那你用什么东西来秤牛奶？"

卖鲜奶的农夫老实地说："我这个月都是拿面包师傅做的一公斤装面包来称的。因为每天我送牛奶给他，就顺便买一包一公斤的面包回去当主食。我一回家就把这袋面包放在天平上当砝码，以便秤好同样重量的鲜奶送去城里呀！"

这下法官明白了。他看看面包师傅，问他："你还要继续告吗？如果你还坚持要告，就去把你店里一公斤装的面包拿来称称看吧！"

面包师傅面红耳赤地回答："我，我……算了！我撤诉不告了。"

人贵能自省。有多少时候我们正像这个面包师傅，振振有词地指责别人，却忽略自己也正犯着同样的错误呢？

曾子说："吾日三省吾身，为人谋而不忠乎？与朋友交而不信乎？传不习乎？"能否反躬自省，正是君子和小人最大的差异。

问题不在杯子

一群已经毕业的学生去拜访以前的老师。

老师很高兴，亲切地问大家生活得如何。

不料，大家满腹牢骚，纷纷抱怨生活不如意、不快乐。举凡工作压力太大、生活忙碌不堪、商场战事失利、仕途崎岖受阻等等，似乎没有人是顺利的。

老师笑而不语，从厨房拿出一堆杯子，摆在桌子上。

他要口渴的同学自己倒水喝，别当客人。

这些杯子各式各样，形态各异，有瓷的，有玻璃的，有塑料的，有的看起来豪华高贵，有的则显得简陋寒酸。

大家各自挑了自己中意的，纷纷去倒水来喝。即使不觉口渴的同学，也端着一杯水在手上。

等到大家都端了杯水后，老师说："你们有没有发现，你们手里的杯子都是这里边好看或别致的，像这些丑丑的塑料杯，都没人挑中它。"

一位同学响应说："当然啰，谁都希望拿好看的杯子呀！"

老师说："瞧！这就是你们会觉得不如意、不快乐的原因。"

学生不明白，齐声问道："杯子和不快乐有什么关系？"

老师说："那我问你们，你们拿杯子是要做什么呀？"

学生答："喝水呀！"

老师说："既然是为了喝水，那用哪种杯子有什么关系？大家需要的是水，又不是杯子。"

学生一个个举起手中的杯子端详，不得不承认说："是啊！我们需要的是水，又不是杯子。"

老师说："大家都知道需要的是水，不是杯子。照理说，杯子的好坏，并不影响水的质量。但是大家却仍有意无意地去挑漂亮的杯子。"

一位学生说："对呀！我们好像都只在意杯子，没有人在意水。但这和我们生活得不快乐又有什么关系呢？"

老师说："如果生活是水，那么工作、财富、地位就是杯子，它们只是装着生活的工具。重要的是生活本身呀！但是你们把心思花在杯子上，挑三拣四、满腹牢骚，哪还有心情去品尝生活的滋味呢？难怪人人都觉得不快乐！"

一位学生发表意见说："听起来是这样没错！但是如果杯子里装的是可乐、果汁或酒，大家应该会把焦点拉回杯内，更在意饮料的本身吧？"

老师回答说："这就对啰！如果你们可以把生活经营得多彩多姿，像可乐一样年轻有朝气，像果汁一样清纯有营养，或像酒一样浓郁有个性，自然会有各种不同的乐趣。那么，哪会觉得不如意、不快乐呢？"

老师接着说："生活的本质是在杯子里面，生活得有没有意义、快不快乐，问题不在杯子呀！"

你的生活平淡如白开水吗？为什么不把它经营成丰富的彩色人生？

有信仰的生活是丰富的、彩色的。因为先找到了生活的意义，其他工作、财富、地位等等，就围绕这个意义，成为生活的最佳工具。

如果没有找到生活的意义，却只是在名誉、财富上钻营计较，那是舍本逐末，本末倒置。这样的人生不过是一场空洞虚幻，如何能如意、快乐呢？

命运交响曲

有一位创意艺术家，经常利用一些看起来毫不起眼儿的东西，凑成一幅美丽的图案或图画。看到的人，无不惊喜万分，拍案叫绝。

一次，他拿了几件破上衣、破裤子，还有一些枯树枝，在偌大的校园里造景，他造出一幅生动有趣的热气球图案，衬托在绿色的草坪上，显得格外醒目，别有创意。

还有一次，他在一片原野上造景。他选择了好多黑黑的小土坑，准备开始进行他的创作。

一个在旁边观看的小男孩愤愤地说："这是'魔鬼之坑'，快离开它们吧！在这里不会有好作品的。"

这位创意艺术家问他为什么。

小男孩回答说："这些小坑是这片野地中最丑陋的地方。我们在野地里玩，经常会在这里跌倒，真是讨厌之至。我们叫它'魔鬼之坑'！你干吗要选这些小坑来创作呢？"

艺术家笑笑不语。他慢慢地去拿了几根木材，放在魔鬼之坑上方，又拿了一些稻草放在木材上方，看起来好像木材长了马尾巴。

立刻，小男孩认出来了，他兴奋地叫起来："啊！这是音符！是音符！魔鬼之坑居然变成音符！太奇妙了。"

艺术家仍然没有做声，在土坑旁的野地上，用小枯树枝编出一个高音谱表的记号，再用一些比较长的树枝将音符连接起来。小男孩兴奋地大叫："五线谱，那是五线谱！"野地里明显出现了一道五线谱。

艺术家又对音符做了一点修饰，小男孩跟着五线谱上音符的节拍唱了起来："梆梆梆梆～～"、"梆梆梆梆～～"连唱几次，小男孩兴奋莫名，喊道："这是贝多芬《命运交响曲》的节奏，对不对？对不对？"

艺术家点点头，对小男孩说："不错！这正是《命运交响曲》。你看！魔鬼之坑也可以变成天使的音符，就看你怎么创意。"

创意艺术可以让丑陋的坑洞，重新诞生出天使的音符。

人的命运也是如此。只要能"重生"，往往过去让人跌倒的地方，正是未来谱成优美乐曲的所在。

重生，意味着重新创造。

只要掌握了重生的力量，就可以让人生中的缺点变为优点，让命运中的负数转成加分。

只修了厕所的门

有个年轻人，他有一位很有钱的亲戚。一天，这位亲戚将要远行，要求年轻人帮他看顾一下他的别墅。

亲戚告诉年轻人说："这别墅里的任何东西，你都可以尽情享用。客厅、厨房、卧室、花园、酒窖，全部可以使用，不用客气。"

亲戚走后，年轻人准备好好享受一番。他想象躺在舒服的沙发上看大屏幕电影，到充满花香的回廊去喝下午茶，到地下室酒窖拿出上好的醇酒，找朋友来开派对狂欢……真是无比陶醉。

没多久，他去上厕所。厕所里的马桶是用高级陶瓷做成的，不仅美观，使用起来也很舒服，令他十分欣喜。

但他注意到厕所的门坏掉了，门闩出现裂缝，使得整个门歪斜而无法上锁。

他想："如果找朋友来开宴会派对，厕所不能上锁，真是非常不方便。既然亲戚对我这么好，我就帮他修一修吧！"

于是他花了不少时间到材料行选材料，然后丈量、安装，两星期后，新的厕所门换好了。亲戚也回来了。

亲戚问年轻人："你这两星期享受得如何？有没有开派

对？有没有品尝我酒窖里的美酒？"

年轻人说："没有，还没来得及邀请朋友呢！"

亲戚很诧异，又问："那你总享受了大银幕电影及高级音响了吧？这不是你最爱的吗？"

年轻人回答说："也没有！我根本没时间享受那些。"

亲戚啼笑皆非地问："那你这两星期都在做什么呀？"

年轻人非常懊恼地说："我这两星期只修好一个厕所的门，错过太多的享受了！"

朋友！你是否像那年轻人，努力修着厕所的门，却忘了享用其他美好的一切？

面对人生，你的态度是什么？是懂得把握机会，品尝个中的滋味，享用一切的美好，抑或只是斤斤计较一个坏掉的厕所门，告诉自己非要修好不可？

执著于一些不重要的小事，往往会破坏整体的规划，导致原本完美的计划失败，梦想成空。

我们每个人在世上的时光有限，所以要把握机会，好好品尝、尽情享受生命中的美好事物。如果我们执著于某些枝微末节，孜孜矻矻于一些肤浅的庸俗，那人生注定将是一场空洞虚幻。

朋友！你是否只专注于工作，很久没和家人谈心、享受天伦了？你是否只知拼命赚钱，把许多兴趣抛诸脑后，错失了上天赋予你的才华呢？

不希望被改变

有一个正直公义的人来到一座败坏堕落的城市。他看到这城里的人都罪深恶重，像极了圣经里的所多玛城。

这个人于是拿出圣经的故事告诫城里的人，说："快悔改吧！不然当上帝的审判来临，这座城就会被毁了。"

他告诉第一个从他身边路过的人，那人不理他，走了；他去告诉第二个路过的人，那人还是不理他，也走了；他又去告诉第三个路过的人，那人还是不理他，又走了。

他看到没有人肯听他的忠言，于是就用写的方式。他找了一块大木板，用斗大的字写着："悔改吧！末日近了！"

仍然没有人愿意停下来听他说话。大多数的过客都只瞄了一眼，就不屑一顾地走开，还有人偷偷骂了声"神经病！"

看到没有人理他，于是他举起牌子，大街小巷地绕，从一条巷子绕过另一条巷子，从这个市场绕过那个市场，一边走一边大声叫着："众男女啊！悔改吧！你们若不悔改，上帝要毁灭这座城了！世界末日就要来临了。"

旁边的人都看他的笑话，毫不客气地批评他、讥笑他。但是他仍然不改变，依旧辛苦地举着牌子到处呼喊："悔改吧！

末日近了！"

一天，终于有个人忍不住拦下他，跟他说话。这人婉言相劝说："老兄，你难道看不出来没有人听信你吗？你这样呼喊，一点用处也没有呀！"

这人回答说："是啊！没有人相信。我知道！"

那人说："既然知道，那你为什么还要继续这样喊呢？"

这人回答说："我刚来这城的时候，我以为我可以改变他们，所以我呼喊。后来我发现他们全都一样，一个都改变不了。现在我还继续这么呼喊，是不希望他们改变我呀！"

避免被同化的最好方法就是明确地表明不同的立场。那么当邪恶的浪潮袭来时，就会绕道而行，不致被淹没。

避免受世俗的价值观影响，防止被现实世界的功利思想左右，最好早一点构筑防火墙，并旗帜鲜明地标示自己的观点。这样既可增强自己抵抗同流合污的能力，还可以借机阻绝别人浑水摸鱼的邀约。

感恩特效药

有一个精神科医生，后来辞职到大都市的一间教堂去当牧师。

因为他具有精神科医生的身份，所以很多会友都喜欢找他谈心，甚至只要有一点心理不痛快，就声称患了忧郁症，想找牧师谈心。

有一次，教会干事数了数，居然有六七十位自称是忧郁症的会友想找牧师谈心。

牧师想了想，就把这些会友召集起来说："这样好了，我先开一帖药给你们服用，如果没效，下星期再来。"

他的这帖药叫做"谢谢"。

他说："只要你觉得沮丧、悲观、提不起劲、自怨自艾的时候，就去找一个帮助过你的人，对他说声'谢谢！'"

他强调说："说'谢谢'的时候，一定要用一个笑脸，还要加重语气，让人家觉得你是非常真心的。如果不按这样的条件服用，就不会有效。"

于是六七十个会友拿着这帖"药"回去了。

下个星期到了，干事数一数，果真有一半的会友痊愈了，没有来。但还有三十几位会友仍然愁眉苦脸地前来。

牧师又把他们聚集起来，问道："怎么，那帖药没效吗？你们说说看你们服用的情形。"

几乎每个会友都说："我想找人说'谢谢'，可是偏偏找不到。因为没有人帮助过我呀！"

牧师明白了。于是翻开圣经，《马太福音》第七章第七节："你们祈求，就给你们；寻找，就寻见；叩门，就给你们开门。"

牧师对他们说："那今天换另一帖药，叫做七七药方，你们要照《马太福音》第七章第七节这样说的去服用。努力去找出你们可以感谢的人。勇敢地去敲门，不管人家做什么事，你都要找出可以感谢的事来。"

临走前，牧师补充说："这帖药比较重，需要一天服用三次哦！每天要感谢三次，一星期二十一次。如果没有效，下个星期再来！"

一个星期又过去了。果然又有一半的会友不再觉得忧郁了。但还是有十几个会友跑来找牧师，说他们还是觉得很烦恼、很忧郁。

牧师又召他们一起来，问道："怎么？七七药方又没效吗？把你们服用的情况说给我听听吧！"

十几名会友一致抱怨说："我根本找不到可以感谢的事，一天一次都没有。"

牧师简单地问了问个别的状况，不外是孩子不听话、婆媳不睦等生活琐事。

牧师说："看样子我要开更强的药方了。这样吧！你们先在这里讨论一下，看看有没有可以彼此感谢的事。我准备好药方就来跟你们个别谈。"

两个钟头过去了，牧师回来了，只有一个会友在等他。

这名会友对牧师说："大家都觉得好多了，不用个别谈了。大家都回家了，推举我当代表，留在这里跟您说'谢谢'。"

牧师问道："哦！发生了什么事呢？"

这名会友说："大家起初互相抱怨，但没过多久却都发现，别人的困难其实比自己的困难严重，自己的困难实在不算什么。严格说来，自己还算是幸运的！牧师，您瞧！这不就找到可以感谢的事了吗？"

这名会友又继续说："当我们觉得自己算是幸运的时候，就开始放下自己的事，先安慰别人。结果大家都在互相安慰、互相关怀。不久我们就发现，其实关怀别人是很快乐的，根本没时间忧郁。"

感恩的心是喜悦的源泉！时时心存感恩，可以击败忧郁。

老是想着别人如何亏欠自己，心情自然烦闷生气。这正是在拿别人的过错来惩罚自己。

如果能历数生活中值得感恩的事，喜悦便能如潮涌现。

喜悦的心乃良药。要想不忧郁，先学感恩！

有了感恩的心，自然而然会去关怀别人。付出关怀，喜悦必然更多。

愿意付出关怀的人，可以从关怀别人当中找到自我肯定与自我成就，这是更深一层的收获。忙着关怀，哪有时间忧郁呢？

感恩、喜悦与关怀，正是孪生兄弟啊！

小鸟的翅膀

传说中，小鸟原本是没有翅膀的。

一天，上帝召集了所有的小动物聚在一起。在大家愉快地聚会之后，上帝取出了一对翅膀。

上帝说："我有一样礼物要赐予你们，谁想要这件礼物，就可以拿去放在身上。"

小动物们听到有礼物可拿，都凑过来看。

但是等上帝展示了这对翅膀之后，大家都面有难色起来。

小老鼠心想："翅膀虽然好看，可是一定很笨重，放在身上背着多辛苦呀！"

小猫想："我可以跳得很高，如果把这东西放在身上，肯定就跳不高了。"

每个小动物都摇头，不愿接受这个礼物。

最后，小鸟走过来，看了看这对翅膀。它想："上帝赐予的礼物一定是好东西，虽然这翅膀看起来颇为笨重，但何妨接受了试试看呢？"

于是小鸟将翅膀接过来了。

小鸟试着用嘴巴把翅膀叼起来，但是翅膀太重了，叼不起来。

接着，小鸟用爪子想把翅膀抓起来，但是翅膀太大了，抓不起来。

最后终于辛苦地用胳膊把翅膀放上了肩膀，吃力地背着。

不久之后，背在肩上的翅膀愈来愈贴近小鸟的身体，最后与小鸟的身体完全结合在一起。

一次，小鸟动一动肩膀，居然一点也不觉得翅膀有重量。它想："沉重的翅膀这下怎么变轻了？大概是我已经习惯了。"

没多久，小鸟再动一动肩膀，居然扇动了翅膀，轻盈地飞起来了。

小鸟飞上了天空，翱翔万里。它想："上帝的礼物果然是美好的恩赐呀！"

其他小动物羡慕地看着小鸟快乐地飞翔，无不后悔错失了上帝的礼物。

大家认为笨重的翅膀，却使小鸟得以轻盈飞翔。

许多看似沉重的压力、负担，却可以成为我们成长、起飞的动力。

负担，人人逃避；但背起来之后，会使我们飞得更高。

感谢谁

有两个乞丐，一个比较高大，一个比较瘦小。他们两个每天都会到一个富翁家行乞。富翁每天傍晚也都送出些食物给他们。

比较高大的那个乞丐在接到食物之后，总会大声说："感谢主人大恩大德！你是仁慈的大善人，愿你长命百岁！"

但另外一个瘦小的乞丐，则每次都先祷告说："感谢上帝赐我食物！"然后才向主人道谢。

富翁每天听两个乞丐不同的感谢声，对瘦小的乞丐很不以为然。他想："是我给他食物，他倒先去感谢上帝？岂有此理！应该先感谢我才对呀！"

富翁愈想愈不是滋味，决定给那个瘦小的乞丐一点教训。

隔天，他准备了两块吐司面包。把其中一块挖出一个空，塞进一些珠宝，然后再封起来。两块面包从外表看起来一模一样。

两个乞丐如常到富翁家门口了。富翁把普通的面包交给瘦小的乞丐，把塞了珠宝的面包交给比较高大的乞丐。他心想："这下你该知道感谢上帝和感谢我有什么不同了吧！"

照例，比较高大的乞丐大声说："感谢主人大恩大德！你是仁慈的大善人，愿你长命百岁！"

而比较瘦小的乞丐仍然先感谢上帝，再轻声向富翁致谢。

两个乞丐走了。

那个高大的乞丐拿到面包，觉得重重的，心想："这面包这么重，一定是没有发酵好。没发酵好的面包肯定不好吃。"

他半路折回去找那个瘦小的乞丐，说："我这块吐司面包跟你换好吗？"

瘦小的乞丐不疑有他，就跟他换了。回去一看，面包里面居然有珠宝，够他下半辈子吃穿了。他立刻又祷告感谢上帝。

于是，瘦小的乞丐再也没出现在富翁家门口乞讨。

但是那个比较高大的乞丐仍然如常到富翁家门口乞讨。

富翁看见他来，问道："你的吐司面包吃完了吗？"

比较高大的乞丐回答说："吃完了啊！"

"啊？那里面的珠宝呢？"富翁问。

"珠宝？什么珠宝？"乞丐这下才明白，吐司面包是因为里面塞了珠宝才显得沉重。他回答说："我以为是发酵不好，所以把它跟我朋友的交换了。"

富翁终于明白，感谢上帝和感谢他有什么不同了。

高大的乞丐感谢富翁，是想贪求以后的更好。瘦小的乞丐感谢上帝，却是对生命发出内心的知足与感恩。

无欲则刚。让自己对人的感谢建立在一种无欲的真心之上；

这样的感谢，其实更诚恳。

急难之中感谢，立刻就有平安；痛苦之中感谢，立刻就获得安慰。

朋友！推荐你去经历一下特快车的速度感，不会失望的！

柠檬的养分

学校正在教《公民与道德》课程。

一学期之后，老师举行期末考试，学生几乎个个拿满分。对于孝顺父母、尊师重道、礼义廉耻的道理都耳熟能详，应答如流。

最后一堂课，老师发完考卷，称赞了学生一番，然后拿出一颗柠檬。

他当着学生的面，将柠檬一片一片切下来，切了满满一盘子的柠檬片。

老师问学生们："看到切柠檬，你们的反应如何，会不会觉得酸？"

一群学生七嘴八舌，有的舔一下舌头，点头说："好酸！"有的说："酸得嘴巴都流出口水来了！"

老师又问："你们知道柠檬含有什么样的养分吗?"

学生们异口同声地说："柠檬含有丰富的维生素C。"

老师又问："你们看我切柠檬，有没有吸收到维生素C呢?"

学生面面相觑，说："应该没有吧！还没吃进肚子呢，如何吸收？"

老师说："没错，没吃进肚子去，就不会得到养分。光流口水是没有用的。一定要把它吃下去，消化之后才有养分。对不对？"

老师又问："你们考试都考得很好，显然你们已经非常清楚这些道德规范。但是在生活中，你们有没有真的做到这些规范呢？请大家认真思考一下，然后三个人为一个小组，把你们的答案写在白纸上。"

学生们照着老师的吩咐，各自写下了自己生活中实践道德教育的情形：有的昨天刚跟父母怄气，有的不久前才偷拿了同学的文具，有的对长辈很粗鲁。

老师说："现在把大家的纸张交上来。这才是你们《公民与道德》课的成绩。"

学生们急忙问道："那我们之前的考卷呢？"

老师说："之前的考卷像柠檬片，你们几乎都考了满分。就像看到柠檬片，大家都已经流了一嘴口水了。但是现在这张卷子才可以看出你们到底有没有把柠檬吃下肚子去。这才是维生素C的测试呀！"

正如把柠檬吃下去才能得到养分一样，唯有身体力行，才能获致道德的真意。道德教育，不在说理，贵在实践！

有些人对道德根本不屑一顾，这是野蛮！

有些人对道德说一套，做一套，这是虚伪！

有些人对道德心里渴慕，却老是做不到，这是懒惰！

思想的改变也是一样。仅仅接受理论是不够的，在行动上有所表现才是最重要的。

快乐被偷走了

有一个农夫很穷，但很知足，所以日子过得很快乐。

魔鬼很忌妒他的快乐，想去破坏。

魔鬼先派了一个小鬼去捣蛋，把农夫的田变得很硬，要花很大力气才锄得下去。小鬼认为农夫一定会很生气或烦恼，就会失去他的快乐。

农夫锄了半天，满头大汗，但他并没有抱怨，还自我安慰说："今天把地锄软了，明天就轻松了。"

他觉得今天的辛苦很有价值，于是哼着歌儿快快乐乐地回家了。

第二天，魔鬼又派了一个小鬼去捣蛋。小鬼这回把农夫的午餐偷走了，让农夫饥肠辘辘。小鬼认为农夫一定会饿得脾气暴躁，就会失去他的快乐。

但是农夫仍然没有抱怨。他想："会跑到农田这个地方偷我的午餐，想必这人一定又累又饿，比我更需要食物。"

他觉得自己做了一件好事，又快快乐乐地哼着歌回家了。

魔鬼气得许下重金，悬赏有能力的小鬼，要能够破坏农夫的快乐。

果然，有个小鬼来应征了，说他有办法，但要魔鬼给他三年的时间，等三年以后再来验收成果。

三年的时间一下子就过去了。魔鬼来到农夫的家里，找到了小鬼。

现在农夫可不得了，锦衣玉食，夜夜笙歌，身旁仆人如云。

有一个仆人端着酒菜上来，不小心跌倒了，农夫大声地斥责说："你怎么这么不小心？罚你不准吃饭。"

那个仆人回答说："主人，我就是饿了一整天没吃东西，才会浑身没力气，所以走路才走不稳呀！"

没想到农夫还是不同情他，坚持不准他吃饭，还皱着眉头向旁边同他饮酒作乐的酒肉朋友们抱怨说："这些仆人就是太懒惰了！"

魔鬼看了很满意，小鬼果然完成任务，破坏了农夫原来的快乐。

魔鬼问小鬼："你是怎么办到的？"

小鬼很得意地回答说："我只不过是让他一点一点地富有起来。先让他种的地丰收，再让他做买卖赚大钱，他赚了一点就想赚更多，人性的贪婪就跑出来了。用不了多久，贪婪就偷走他的快乐啦！"

不快乐的首要原因在贪。人的罪性中最根本的就是贪。

知足者常乐。贪得无厌者必不知足：有，还要更多；多了，就想多上加多。

贪，破坏了知足，吞噬了快乐。

贪心的人必然愁苦，没有快乐。

《提摩太前书》第六章第十节指出："贪财是万恶之根。有人贪恋钱财，就被引诱离了真道，用许多愁苦把自己刺透了。"

那如何免除人性中的贪呢？

既然钱财不是人生最具价值的东西，何须贪它呢？

朋友！不要让快乐被偷走！除去贪欲，必能保有快乐！

宝石在这里

有一个富翁，非常喜爱搜集宝石。他穷毕生的精力，到各地探访寻宝，得到不少珍贵的稀世珍宝，算一算，富可敌国。

富翁为了防小偷，在卧室的地板上凿了一个藏宝箱，把这些宝石都藏在藏宝箱里；然后盖上活动地砖，地砖的花纹和材质与四周的地砖一模一样；又在地砖上覆上一块地毯，地毯也和四周的地毯一模一样。

谁都不知道那里有一个藏宝箱，谁也看不出那里有什么异样。

后来富翁突然被确诊为癌症晚期，医生说他已经没几个月好活了。

富翁赶紧把在国外的独生子召回，准备交代后事。

但当儿子赶到他病榻前时，他已经病重到言语都很困难了。

他勉强打起精神，支开仆人，伸出一只手，指着地板，向儿子说："我的……我的……宝石都在……都在……这里！"

儿子忍着悲伤，点头表示知道。

富翁怕儿子没听清楚，再一次伸出手，用他戴着一颗大宝石的手指，指向地板，随即无力地垂下手来。

他说："我搜集……的宝石……全都在……这里了！"

儿子急得连忙回答："爹地，我知道！我知道！您好好养病，别说了！"

不久，富翁过世了。

办丧事的时候，儿子非常小心地把富翁手指上那颗价值连城的宝石戒指取下来了。他对着亲戚们说："爹地说他的财产全都在这颗宝石上了。"

丧事办完，儿子要回国外去了。心想留着这间房子没人住，不如把它卖了。于是找来中介公司，没多久就把房子卖了。

富翁的藏宝箱从此没了下落。

富翁的儿子只看到富翁手指上那颗大大的宝石，却没有会意出富翁的手是指向地板下那个更大的藏宝箱。

藏宝箱既是收藏宝石的箱子，必被藏在隐秘之处。想要找得到，必须获得特别的指引。

但是人总是短视的，只看到眼前，却忽略了眼光远处还有更大的藏宝箱。

香菇与虫子

学校举办夏令营，要在野地里露营，学生们非常兴奋。

第一节课，老师带着学生们到树林里采野香菇。林子里的野香菇香气扑鼻，令人垂涎。

学生们把香菇装进一个大袋子里，带回营区的广场上摊开来晒。

老师吩咐学生说："等香菇晒干，一定要装进袋子里封起来，否则容易坏。"

学生心里犯嘀咕："露营才一星期，早吃光了。哪等得到香菇坏掉？"

老师又说："多找一些小袋子来，把香菇分装进小袋子去。"

学生心里又犯嘀咕了："为何非要分装成小包装不可？全部放在一个大袋子里不行吗？"

但是既然老师这么说，学生即使嫌她絮叨，也都照办了。

于是每个学生手上都多了好几袋香菇。

野生的香菇非常香，学生们很快吃完手中的第一袋香菇。他们纷纷打开第二袋香菇，准备烹调品尝。

这时，听到有学生大叫："糟糕！我的香菇长虫了，整袋都是小虫。"

老师听了，说："没关系！再打开下一包！不会每袋都有虫的。"

学生打开第三袋、第四袋，以及其他袋，发现真的并非每袋都会长虫。把长虫的那袋扔了，同学们还是有很多香菇可以吃。

老师说："这就是为什么要你们分装成小袋的原因，是要降低风险哪！否则只装一个大袋，一长虫，全都完了！"

学生无不觉得老师实在睿智。

老师继续说："你们以为装袋子是在防止外面的虫跑进去，其实并不是。很多香菇本身就有虫，装袋子是在防止里面的虫跑出来污染其他的香菇啊！"

我们也和香菇一样，老是怕虫子从外面跑进来伤我们；其实，很多时候，伤我们最严重的是自己身上的"心虫"啊！

心虫就是我们心中一切的恶念，我们是否能防止它跑出来污秽人呢？

4 自闭与亮光

我们的生命就似渡过

一个大海，我们都相聚在

这个狭小的舟中。

教堂门口的流浪汉

李奥刚从神学院毕业，到市区一间大教堂当助理牧师。

平常星期天的礼拜都是由这间教堂的主任牧师上台证道，这星期主任牧师有事出城去了，安排了一位很有名的大牧师来证道。这位大牧师经常上电视，每次的证道也都挤满了前来听讲的信徒。李奥因此非常期待。

那是一个非常寒冷又阴暗的星期天的早上，主日崇拜的时间快到了。一辆一辆的车子陆续驶入教堂旁边的停车场。

李奥平常都是在主日崇拜前半小时就抵达教堂，帮忙之前的准备工作。这天因为天气实在太冷，他一出门，感觉到空气的凛冽，便折回屋子去拿围巾、手套，因此耽搁了十分钟，到教堂已经比平常迟了。

天气非常冷，大家在停车场停好车，随即钻进教堂里，没有人愿意在室外的寒风中多待一分钟。李奥也不例外，一下车就赶着冲向教堂，何况他今天已经有点迟了。

教堂门口有一张长椅，李奥注意到有个流浪汉斜斜地半躺在那里。严格说起来，他是缩在椅子上，不晓得是不是冷得发抖。

其实不只李奥注意到，每位要参加主日崇拜的信徒很容易就能注意到这个流浪汉。

他头上戴着帽子，帽檐低低地遮住了大半张脸，身上穿着一件陈旧的外套，一看就知是非常廉价的工作服，它像一块粗布裹着这人缩着的身子。

他脚上穿着一双破旧的凉鞋，大概天冷的缘故，穿着袜子，但在脚跟处看得出有一块补丁。这个流浪汉显然很贫穷，大冷天穿不起靴子，只能以旧凉鞋及补丁袜抗着。

除了这个流浪汉，大家都快步走向教堂，或寒暄，或做准备。李奥本想问一问流浪汉有没有需要帮忙的地方，顺便邀请他进去参加礼拜，但是又一想今天已经迟了，等一会儿还要跟教堂干事们做礼拜前的祷告，没时间问了，于是也径自走进教堂去了。

直到主日崇拜开始，都没有人跟流浪汉打声招呼或说一句话。

李奥忙了一阵，主日崇拜开始了。李奥想到今天要来证道的牧师是他景仰已久的著名大牧师，他期待着。

当司会介绍这位大牧师的时候，李奥吃惊地发现，走上台的不正是刚刚蜷缩着坐在门口的那个流浪汉吗？

正是他！所有的会众都注意到了。大家面面相觑，屏着气吃惊地望着他。会堂安静得一点声音也没有。

只见这个流浪汉脱下了帽子及粗布大衣，走到讲坛中央。

李奥认出了经常出现在电视上的那张熟悉的大牧师的脸庞。

大牧师开口了，他说了一个故事：

"有一个落魄的流浪汉坐在教堂外面的椅子上，想参加礼拜，从听道中获得一些启示。但是，教堂管事的人看到他脏兮兮的，不让他进去。

"流浪汉沮丧极了，非常伤心地颓坐在教堂外面。

"这时，有位中年人过来拍拍他的肩膀安慰他说：'别难过了，他们不只不让你进去，他们也不让我进去呀！'

"流浪汉抬起头来，大吃一惊：'你怎么长得那么像耶稣？'

"中年人回答说：'是啊！我正是耶稣！他们奉我的名祷告祈求，却又不让我进去呢！'"

听了大牧师的小故事，信徒们个个面红耳赤。李奥也惭愧极了，脸红到了耳根。他终于明白这位大牧师的证道为什么闻名遐迩了。

这个世界上充满了"说一套、行一套"的人。常看到一些嘴里说信仰的人，行为上却与所信仰的道相违背。

他们面对需要帮助的人置之不理，遇到急需救助的事又充耳不闻。殊不知，这样消极的不作为，就等于是将代表"爱"的信念拒于门外，也是将善良的美德一点一点往外推！

林肯总统与祷告

美国总统林肯常常花很多时间在祷告上，即使事情再忙，他也一定要找时间祷告、默想。

在南北战争中，军事倥偬，林肯仍然不改这样的习惯。

有人问林肯总统："您的时间这样宝贵，事务如此繁忙，怎么还抽得出时间来祷告呢?"

还有人讥讽地说："军情瞬息万变，总统把宝贵的时间浪费在祷告上，实在毫无建设性，简直不切实际。"

但是林肯却十分坚持，并且解释说："谋事在人，成事在天。我肩负这么重的任务，如果还狂妄到自认不需靠上帝就能成事，那这样无知又愚蠢的人，不配当你们的领导。"

南北战争战况非常激烈，不只林肯率领的北军向上帝祷告，连南军也向上帝祷告。双方都希望能在战争中获胜。

有人讽刺说："两军对峙，两边的信徒都向上帝祈祷，要上帝帮助他们那一方获胜。上帝难道不会为难吗?战争总有一边赢一边输，两边都求他，他到底该帮哪一边呢?"

林肯解释说："我不敢祷告求上帝站在我这一边，但我祷告求上帝让我站在他那一边。只要和上帝站在同一边，必能得胜。"

果然，林肯的军队打了胜仗。

心诚是信仰的基础。林肯的祷告是真正谦卑而恭敬的祷告，他把主权交给上帝，所以得到了上帝的眷顾。

圣经与肥皂

克莱尔是一个清洁用品的制造厂商，他所生产的肥皂及清洁剂物美价廉。

因为强调产品出自天然植物提炼，没有化学成分，符合环保概念，因此很受消费者欢迎。加上克莱尔的营销也很有一套，所以他的产品卖得很好，让他赚到不少财富。他也赢得了"肥皂大王"的绰号。

克莱尔赚了钱之后，想要回馈社会，他想捐点钱做慈善，于是打电话给他高中同学杰森。杰森目前在城东一间教堂当主任牧师。

杰森很高兴听到克莱尔有心做善事，于是介绍他去帮助教堂附近贫民区的一所育幼院。

杰森约了克莱尔，要带他去参观育幼院，实地看看他们有什么需要。

赴约途中，克莱尔碰到了地铁工人大罢工，又遇到一家商店正在抓窃贼。他买了一份报纸，打开来尽是烧、杀、掳、掠的消息。

克莱尔走进杰森的教堂，看到教堂坐椅上放着一排圣经，忍不住大发牢骚，他批评说："有什么用？圣经传了两千年，教会也传了两千年，大家信耶稣也信了两千年，牧师讲道也讲了两千年，可是有用吗？社会还是那么乱，大家还是彼此仇恨、争夺、攻击，一点改进也没有。"

杰森笑了笑，没说什么，只是催促克莱尔说："走吧，育幼院院长在等呢！"

两人走进城里最贫穷的贫民区，看到路边一群孩童正在泥堆里玩耍，一个小女孩在旁边看哥哥玩耍，也溅得满脸满身泥巴。克莱尔看了，不禁皱起眉头，连说好几声"脏死了！脏死了！"

杰森笑笑说："有什么用？肥皂产了几百年，工厂也设立了几百年，大家信肥皂可以去污也信了几百年，肥皂店卖肥皂也卖了几百年，可是有用吗？贫民区的孩子还是那么脏，大家还是在玩泥巴，一点改进也没有。"

"肥皂大王"克莱尔立刻辩解说："肥皂当然有用，要拿出来用才行呀！"

杰森顺着他的话说："圣经当然有用，也是要拿出来用才行呀！"

克莱尔大笑，拍拍老同学的肩膀说："我懂了！"

在参观完育幼院之后，克莱尔不仅捐了大笔款项帮助育幼院改善了卫生环境，更新了厨房设备及建筑物的设施，还送了育幼院每个孩子一份礼盒。礼盒是一打精美的香皂，还有一本精美的圣经。

礼盒上写了一行字："使用它，洁净你的手，洁净你的心。"

"使用"这两个字，还加了明显、特别的记号。

朋友！你是否收过精美的礼盒？你是否舍不得用其中的物品，后来却发现它发霉不能用了。

你是否拥有一本精美的书，但只是摆在书柜里好看，却从来不翻阅？

好的书要能发挥洁净人心的作用，必须要阅读它，并且践行出来。就像肥皂要发挥去污的功能，就必须拿出来使用一样。

好书中有教训、有鉴戒，拿这些作为我们路上的光、脚前的灯，必可去除我们心灵的污秽，使我们的人生过得更理直气壮、心安理得。

跟上帝赌气

一九二一年，两对瑞典斯德哥尔摩的年轻传教士自愿到非洲宣教，他们是基督教五旬节教会的会友。这个教派经常差派传教士到世界各地去传道。

在一次特会中，福勒夫妇及爱瑞克森夫妇极受感动，决定去非洲传教，到当时的比利时属地刚果，就是扎伊尔（**现易名刚果民主共和国，简称民主刚果——编注**）那个地区。

福勒太太身材袖珍，是瑞典著名的歌手。她甘愿放弃诱人的繁华世界，毅然随丈夫前往最贫困的地区。两对夫妇都放下了世俗的一切，把他们年轻的生命投入到传播福音的事业中。

他们到达比属刚果，只在当地的宣教中心待了一下，立刻就带着镰刀上路了。他们披荆斩棘、一路跋涉，进入了病毒蔓延、疾病丛生的内地。四周的环境虽然恶劣，却没有影响他们的热情。

福勒夫妇带着一个两岁大的儿子，他们轮流背他，不畏艰苦地前行。

内地的虫毒实在太猖狂了，两对夫妇都染上了疟疾。他们忍受着身体极度不适，凭借毅力，仍不放弃。他们带着悲壮的情怀，发誓就算殉道，也在所不惜。

他们来到了一个村庄，看起来是宣教的好地方。黑人村民把他们团团围住，好奇地对他们比比画画。但当村民了解到他们有意留下来定居的时候，却纷纷摇头，不让他们进住。

村民们表示："我们不能让白人来这里，那会触怒我们的神明。我们的神明不高兴的话，会降灾祸给我们。"

两对年轻的夫妇只好继续往前走，寻找下一个村庄。只是，清一色黑人的村庄，哪容得了白人？他们不断被拒绝。

一直走到再也看不到人烟的地方，附近不可能再有村庄了，他们疲惫已极，决定停下来。他们在丛林中开辟出一块地，盖了一座土制草寮，作为他们栖息的家。

几个月下来，他们寂寞、生病、营养不良，而且几乎没跟当地任何人来往。他们所怀抱的宣教理想，根本没有任何进展。

六个月后，爱瑞克森夫妇决定回到宣教中心去，他们劝福勒夫妇同行，但福勒夫妇没有同意。虽然福勒太太的疟疾更加恶化了，但福勒先生仍以太太刚怀孕、行动不便为由婉拒了爱瑞克森夫妇一道回去的请求。

福勒先生说："没关系的，我要让我的孩子在这里出生，我已经把性命交给非洲了。"

爱瑞克森夫妇向福勒夫妇挥别，他们就要长途跋涉回一百里外的宣教中心去了。

又过了几个月，邻村有个小男孩开始过来看福勒夫妇。福勒太太一直发着高烧，小男孩常带着水果前来看望。这是福勒夫妇唯一的宣教对象。尽管生病发烧，福勒太太仍然很忠实地向这个小男孩传讲福音。每次传讲，小男孩也只是微笑地望着她，没有什么反应。

又过去了几个月，福勒太太的疟疾更严重了，她总是卧病在床。不久她生下一个健康的女婴，但自己却病得奄奄一息。临终前，她以微弱的声音交代福勒先生说："给女儿取名爱娜……"说完就断气了。

福勒先生被妻子的死亡震呆了。他使出所有的力气，弄来一个木箱，为妻子做了口棺材。他在丛林旁边黑人村民的坟场上埋葬了他挚爱的妻子。

他站在爱妻的坟边，低头望着身边才三岁的儿子，耳边响起刚出生女婴从草寮那边传来的啼哭声。突然，一阵悲痛充满心中，愤怒自心底升起。

他无法自拔地怒吼道："上帝啊！为什么这样？我们尽心传播福音，却得到这样的下场？我美丽聪明的妻子，现在却躺在这里。她才只有二十七岁啊！"

"上帝啊！为什么这样待我？我根本无法照顾三岁的儿子和刚出世的女儿啊！"他对上帝生气。

"一年多来，我们只见到邻村的一个小男孩，他很可能根本不懂我们在讲什么。你召我们来宣教，却让我们受到如此挫败。上帝啊！你完全是在浪费我们的生命！"福勒先生向上帝愤怒抗议。

于是他雇了黑人村民当向导，带着两个孩子回到了宣教中心。

当他看到爱瑞克森夫妇时，禁不住满腔怒火，生气地说："上帝怎么可以如此待我？我恨！我根本没办法自己带两个小孩！现在我要走了，我把儿子带回瑞典，把女儿留给你们。"

在回瑞典的途中，福勒先生站在甲板上，激动地怨恨上帝。他曾经告诉所有的人，说他要去非洲当殉道者，去传播福音，不惜任何代价。但现在，他却家庭破碎地失望而归。他认为自己对上帝如此忠诚，但上帝却回报以全然的漠视。

他回到斯德哥尔摩后，决定从事进口生意赚钱。他警告周围的人，不准在他面前提到上帝。如果谁不小心提到，他一定是愤怒到青筋暴露、不可抑遏。后来，他严重酗酒。

在他离开非洲后不久，他的朋友爱瑞克森也突然死亡，可能是遭当地的酋长下毒致死。因此，小爱娜被交给一对美国人博格夫妇抚养。博格夫妇带着她到北刚果一个叫马西西的村庄居住，并用她的小名"爱姬"称呼她。

小爱姬在马西西学会了当地的史瓦希利语，并且和刚果的小孩玩在一起。

小爱姬在玩耍的时候，很喜欢进行想象的游戏。她总是说："我有四个兄弟、一个妹妹。"她帮他们每个人都取了名字。

她会为四个兄弟设餐桌摆餐具，假装跟他们说着话。

然后她总是说："我妹妹在找我呢！一直找，一直找。"四周的人都认为她想象力太丰富了。

　　后来，博格夫妇带着爱姬到美国定居。爱姬长大后嫁给赫司特先生，就是后来美国西北大学神学院的院长。

　　爱姬一直尝试着和父亲联络，但都没有成功。她并不知道父亲已经和母亲的妹妹又结了婚。母亲的妹妹是个无神论者，他们又有了四个儿子一个女儿，正与爱姬想象中的一模一样。

　　这时福勒先生已是一个无药可救的酒鬼了，酗酒甚至毁掉了他的视力。爱姬找了父亲四年，所有的信件都没有回音。一天，神学院提供她和她先生往返瑞典的机票，等于让她有机会亲自去寻找父亲。

　　横渡大西洋后，爱姬和她先生准备转往瑞典。他们在伦敦停留一天。

　　那天，他们出去散步，经过皇家爱伯特厅，正巧那里有一场五旬节教会的布道大会。他们很高兴地走进去，正好看到有一名黑人传教士在证道，他正在说着上帝在比属刚果（即扎伊尔）所成就的伟大业迹。这名黑人传教士不断地述说着上帝种种奇妙的作为，并因此歌颂赞美他。

　　爱姬的心怦怦跳起来。扎伊尔，刚果，冥冥之中她的心受到强力的牵引。

　　她去找这名传教士，问他："你从扎伊尔来，有没有听说过传教士福勒夫妇？"

传教士回答："有啊！就是福勒太太领我信教的，我那时还只是个小孩。"

接着他语重心长地说："后来福勒太太生下一个小女儿就去世了。我一直想知道这小女孩后来到哪里去了，但都没有消息。"

爱姬一听，叫了起来："我就是那个小女孩，我就是爱姬，嗯，爱娜呀！"

传教士听了，激动地抓住爱姬的手，与她相拥，喜极而泣。爱姬真不敢相信，这人就是母亲当年传福音给他的那个小男孩，他已经长大成为传教士。他们国内现在已经有十一万名基督徒，三十二所宣教中心，好几间神学院，还有一家有一百二十张病床的医院。母亲在天上看到这样的结果，该是多么欢喜与光荣啊！

沉醉于这样奇妙的邂逅，爱姬迫不及待地想把这个好消息告诉父亲。她祈祷着这趟瑞典之行能够找到父亲。毕竟，这样长途的旅行在当年并不容易。

当他们飞抵斯德哥尔摩，那里的报纸已经传遍他们要来的消息。这时，爱姬才知道她真的有四个兄弟、一个妹妹。一如小时候上天对她的启示。

出乎她的意料，她的四个兄弟都到旅馆来欢迎她，要与她相认。

她问道："哪位是我哥哥呢？"

弟弟们指指旅馆大厅椅子上那个瘦弱的身影，那人正迷惘地望向她。

爱姬的哥哥已经变成一个枯瘦灰发的中年人。受到父亲的影响，哥哥愤世嫉俗、胸怀痛楚，和父亲一样严重酗酒，酒精近乎毁掉他的一生。

爱姬问起父亲，弟弟们全都露出漠然的表情。他们不喜欢父亲，几年都没跟他说话了。

爱姬又问起妹妹，他们给她妹妹的电话号码。当她打电话过去，接电话的人一听是爱姬，就挂断了，再打去却没人接。一会儿，妹妹冲进旅馆，伸出双臂紧紧地抱住了她。

妹妹告诉爱姬："我从小就一直念着你。我经常把世界地图摊在面前，放一辆玩具车在地图上，假装开着车到世界各地去找你。"

妹妹的描述，正与上天给爱姬的启示一模一样。

爱姬的妹妹也瞧不起父亲，但答应带爱姬去找他。他们开车到斯德哥尔摩的贫民区。在一座废旧的建筑物里，他们找到了父亲。只见满屋的空酒瓶，一室的脏乱。父亲正睡在房间角落的病床上。这位曾经满怀憧憬的宣教士福勒先生，已经七十三岁了，他一直在生上帝的气，被愤怒怨恨的情绪辖制，穷困潦倒、自我颓废，正被糖尿病、脑中风及两眼白内障等病痛折磨着。

爱姬靠到他身边呼唤他："爸爸，爸爸！我是您的女儿，

141

您留在非洲的小女儿爱娜啊！"

老人转过身看看她，泪水顿时盈满双眼。他说："我从来没有不要你，我只是没办法同时照顾你们两个。"

爱姬说："没关系的，爸爸！上帝照顾了我！您瞧，我活得多好哇！"

老人的脸突然沉了下来，他暴怒了："不要提上帝！他浪费了我的一生，他毁了我们全家！他带领我们到非洲，却在那里出卖了我们。我们在那里一无所获，全然被糟蹋了。"

爱姬赶紧告诉父亲，她这趟旅程中在伦敦的巧遇，告诉他当年他们宣教的对象已经从一名小男孩变成传教士了。而且透过这名传教士的努力，福音在他的国家可兴旺呢！爱姬把刚果的宣教成果告诉了父亲。

"真的，爸爸。大家都知道这个小男孩当初是怎么信教的，他和你们的故事早就在报纸上传开了。"

福勒先生难以置信地看着她，嚅嚅道："难道是我错怪了上帝？"懊悔和感伤的泪水爬满了他的脸。

这时，他挣脱了怨恨的捆绑，抛开了仇恨的束缚，平安、希望与爱的感觉又重新回到他身上。即使全身病痛，也挡不住因释放积郁而带来的周身舒畅。

就在父女会面后不久，福勒先生安详地去世了，脸上没有挣扎，只有安然及盼望。但是，因为四十多年与爱的隔绝，他一生留下的是一片残破与失败。

后来，爱姬准备写一本书，叙述这个真实的故事。

她晚年患有癌症，但她祈求上帝让她把这本书写完再离世。上帝应允了她，等她将全书写完，上帝才接她去天国安息。

她留下这本发人深省的书，劝告那些自认有理由跟上帝生气的人说：跟上帝生气，不但没有办法停损，还会丧失心灵的平安；丧失心灵的平安，那样空洞的岁月，才是生命最大的浪费。

朋友！当我们任凭抱怨及疑问在心中发酵，这种情绪就会转成愤怒、痛苦与不信任，进而转成怨恨、仇恨。这时，我们再也听不进任何谏言，听不进家人、朋友的话，我们关闭了心灵的通道，失去了生命的盼望。

我们只看到周遭的失败、破坏、徒劳无功，我们大喊："一切都完了！"但是生活还在继续，美好的事物在前面等着我们呢！我们怎么能丧失生活的信心呢？

我们是要继续埋头捂耳地生气、痛哭，还是要赶快去拿盆子来承接即将临到的福气呢？

让我们医治心中的伤痛、气愤和怨恨，不要让它发酵，不要任它摧毁我们。在困境中或许我们只看到周遭的失败，却没有看到往后的兴旺。只要我们在困惑中仍举头仰望，就必能将我们从废墟中重新复兴！

自闭与亮光

纽恩是一名中年公务员。他因交友不慎，将半辈子的积蓄全都拿出来跟朋友投资做生意，没想到朋友却不辞而别，卷款潜逃。纽恩一下子失去了所有的财产，遭受到极大的打击。

纽恩整天陷入呆滞的沉思中，无法专心工作，效率一落千丈。于是他向上司请了假，想好好地"思考一下"。

他心想："碰到这么大的挫败，我一定得仔细想个清楚才行。不能再浑浑噩噩，老是没精打采。总要想出个办法来！"

但是他随即发现，整天待在家里，他就只能颓坐在椅子上，陷入无边无际的沉思，却仍然一点头绪也没有。他没办法起身做别的事，甚至连找东西吃的力气也没有。有时想动手整理一下房间里的杂物，往往做到一半，就忘了下个步骤是什么，又颓坐下来。

纽恩总是呆呆地一直想一直想，希望能"想"出一个头绪，但脑中却依旧一片空白，浮现的都是过去的回忆，朋友邀约他投资的脸孔，他去银行汇钱给朋友的情景。严格说来，这样的"想"，根本不能叫做"思考"。

他仍然想不出答案。

一天，纽恩又陷入沉思，不觉已天黑，满室漆黑，伸手不见五指。

　　他心情低落，无助地向上帝祷告："天父呀！我碰到困难了，就像这间屋子，在一片黑暗之中，一点亮光也没有。"

　　他喃喃地向上帝求助："求你给我亮光，给我解答，让我想出个办法来吧！"

　　这时，纽恩的儿子刚好开车回家，车子一转进院子，车灯照进了屋内，黑暗中出现了亮光。

　　上帝对他说："瞧！这不是亮光吗？你祈求，我就应允你。"

　　纽恩吓了一跳，颤抖着跪下，对上帝说："是啊！这是亮光。但我说的亮光是指事情的解答呀！求你赐予我一个解答好吗？"

　　纽恩的儿子熄了车子引擎，下车走进屋来，打开了屋子的电灯，看到父亲缩在地上，听到他在向上帝要一个解答。

　　儿子也知道纽恩的遭遇，很为他这几天的自闭感到忧虑，看到纽恩蜷缩在地，很是心疼，禁不住对纽恩说："爹地，你在家里是找不到解答的，上帝要你去外面找，在外面才找得到解答！"

　　这时纽恩听到上帝说："看到了吗？儿子为你从外面带来亮光，这是你在黑暗里找不到的。亮光一定是从外面进来的，去外面找解答吧！"

　　于是纽恩取消了假期，恢复上班，逐渐走出了自闭与忧郁，也慢慢解决了财务的困难。

在黑暗中找亮光等于是缘木求鱼。亮光不会在黑暗里，亮光一定在黑暗外面！

躲在困难中思索困难，再怎么想，也只是杂乱无章的思绪，并不是真正的思考，当然不可能找出解答。

许多自闭症、忧郁症的患者都有过这样的经历，整天落入沉思之中，却没有办法找到真正积极有效的解决方法。整天关在家里不想见人，却仍然寻不着解脱之道。有时明明理智上知道该怎么做，偏偏却没有力气起身行动。

其实，遇到黑暗，最有效的办法就是离开它，去找光。

遇到困难也一样，老是让困难萦绕、盘踞心头，沉浸在同一个思路中，不管如何研究它、回忆它，从头想到尾想再多遍，都是没有用的。应该先把困难放下，去寻找心灵的亮光，过一会儿再回来，困难也就容易解决多了。就像把亮光带进黑暗之中。

朋友！挣脱不了黑暗捆绑的人，是永远找不到解答的。唯有起身去找光亮，才能真正脱离困境。请记住：去找光亮！

二十六个武装保镖

有一名美国传教士到非洲一个村落医院去帮忙。因为那个村落医院地处偏远地区，物资缺乏，所以传教士必须每两个星期就到附近的城市去采购，补充一些生活及医疗必需品。

传教士每次去城市都需要两天的时间，夜晚就在途中选择野地露营，住宿一晚，隔天再继续赶路。从城市回村落也同样要两天的时间。

有一次，传教士准备到城里采购。他先到银行领了现金，一出来，看到有两个当地男子在打架，其中一个年轻男子被打得受了伤。传教士看了，立刻带他到旁边，为他擦药裹伤。同时也借机向他传布福音。

传教士为那个年轻男子包扎之后，继续赶着去采购，又走了两天的路程，如常回到了村落医院。

两星期之后，传教士又照例到城里去采购，这次又碰到了上次为他裹伤的那名年轻男子。那个年轻人看到传教士，有点不好意思，但还是过来和他攀谈。

年轻人问："您的保镖呢？"

传教士答："我就一个人，哪里带什么保镖？"

年轻人说："别骗人了，您上次明明带了二十六个保镖，在你晚上露营的地方保护你。"

传教士一再声明说没有。

年轻人骇然地说："上次，我知道您身上有钱，还采买了很多东西，所以我找了五个同党，一直跟踪您，想趁晚上你扎营露宿的时候抢劫您。但是我们正要动手的时候，却看到那二十六个保镖在您的帐篷旁边，个个都有武装。我们不敢下手，就回去了。"

传教士笑起来，说："我是个传教士，向来是一个人。上次也没雇什么保镖。"

年轻人惊讶地说："可是我们五个人都明明看到了呀！要不是那些武装保镖，我们早就把您害了，您怎能平安来去呢？"

传教士拍拍年轻人的肩膀说："如果你真的看到，那就是上帝派天使来保护我了。"于是又向年轻人传布福音。

事情过后没多久，传教士趁休假回美国密歇根州的家乡，并在周日回到他所属的教会讲道。讲道中，他提到了这件事。

正当传教士向他教会的会友们述说的时候，一名会友突然站起来说："等一下，你记得这件事是哪一天发生的吗？确定的日期是哪一天？"

传教士说出了日期、时间。换算美国当地的时间，正是某日清晨。

那名会友吃惊地望着传教士，然后对着会众说："就是那天！请那天早上来教会晨祷，为传教士祷告的人站起来！"

难以置信的是，正好是二十六名会友。

原来，这名会友那天一大早就去打高尔夫球，正当他要击球入洞的时候，有一股非常强烈的念头兴起：要会友们为远在非洲的传教士祷告。他感觉得出这股力量的召唤，十分的迫切而且强烈，于是他赶紧联络其他会友，一起前往教会圣殿祷告。

那天参加这项晨祷的会友，正是二十六人。

朋友的祷告具有惊人的力量。

在非洲传教的传教士，为当地的人带去福音，他家乡的会友们也会为他代祷、保护他，使他免于灾害危险的侵袭。

还是去地狱吧

有一天，烟鬼、赌鬼、小偷闯进了天堂。

烟鬼平常最嗜抽大麻。进了天堂，不到两小时，烟瘾大发，到处找烟。

烟鬼问天使："请问到哪里去找大麻呀？"

天使说："这里从来就没有大麻这种东西！"

烟鬼拜托天使："那起码给我一根香烟解解馋吧！"

可是天使仍旧告诉他："这里从来就没有烟呀！"

赌鬼平常最爱去赌场豪赌。进了天堂，不久也赌瘾大发，双手发痒，想找地方赌博。

他问天使："请问哪里有赌场呀？"

天使告诉他："这里从来就没有赌场这种地方！"

赌鬼想："没有赌场，那找几个人打打麻将好了。"却没有一个人理会他。

小偷平常最喜欢偷东西。进了天堂，看见天堂里金碧辉煌，到处是珍贵的金石玉雕，心中大喜，暗暗计划着要等晚上天黑了好下手偷窃。

可是小偷等呀等，等得心痒难耐，就是等不到天黑。

他向天使打听："请问几点钟天黑呀？"

天使告诉他："这里只有光明的白昼，没有黑暗的夜晚。"

烟鬼、赌鬼、小偷三个人非常沮丧，说："大家都说天堂好，我看不见得！"

商量之后，他们同声表示："我们还是去地狱吧！这里怎么住得惯呢？"

朋友！享用天堂的美好，必须先有圣洁、善良的心灵。

重生，是进入天堂的入门条件。

就像大学入学考试，没有通过，表示程度不够，即使侥幸进了大学，课也听不懂，书也念不下去。

天堂也是一样，不自洁的人，无福消受天国的美好。唯有悔改认罪、洗清污秽，建立圣洁、善良的心灵，才有福分享受天国的一切美好事物。

上帝的直升机

有一个神甫从年轻时就一直守着他的教堂。

一天，外面下起倾盆大雨，酿成水灾。雨水慢慢淹过稻田、淹过道路，淹进教堂里了。

神甫跪在教堂祈祷，他恳求上帝保护他，救他脱离眼看就要来临的水灾。

大水淹进了教堂，淹过了地板，淹到神甫的脚。

一个救生员划着小艇过来，对神甫说："快上来，神甫！大水快淹上来了！"

神甫摇摇头说："不行，我要守着教堂。没关系，上帝会派天使来救我的！"

大水仍然一直往上升，淹过了教堂的椅子，神甫只好站到桌子上。

这时，又一个救难人员划着一艘船过来，对神甫说："神甫！快！快！快上来！再不上来你会被淹死的！"

神甫还是摇摇头说："不行，我要守着教堂。没关系，上帝会派天使来救我的！"

大雨仍然没有停歇，水一直往上升。神甫从一个桌子爬到另一个更高的桌子，最后爬上了屋顶，坐在屋脊上，握着教堂的十字架。

这时，一架直升机缓缓飞过来，救生员丢给神甫绳梯，要他握紧逃生。他喊道："神甫！别闹了！快上来呀！不然你会被淹死的！"

神甫仍然摇摇头说："不！我要守着教堂。没关系，上帝会派天使来救我的！"

在大水不断汹涌着袭击大地后，神甫被淹死了。

神甫死后上了天堂，见到了上帝。他埋怨地问："上帝呀！您怎么没有派天使来救我呀？"

上帝说："怎么没有？我第一次派天使划着救生艇去接你，你不接受；我又派天使划一艘比较大的船去接你，你仍然不接受。最后，我再派天使驾着直升机去接你，你还是不接受。那就没办法了呀！"

很多事情并不局限于我们想象中的样子。就像天使，不见得非要有光环有翅膀。我们判断事物，不能仅看事物的表面，并因此做出判断，而是要根据行为所代表的意义去做出正确判断。假如我们因为表面的差异而失去正确的判断力，岂不令人懊悔惋惜？

违背誓言

　　华德是一所专业学校的教师，一个虔诚的教徒，他即将退休。

　　一天，他突然受到心灵深处一个念头的触动，很想去传教，全职服侍上帝。但是一来他没受过专业的神学训练，二来他孩子还在念大学，他承诺要协助孩子缴学费，所以即使退休，还是需要找份兼职的工作，才够开销。

　　华德于是对上帝说："上帝啊！我想在退休之后全职传教服侍您，但我还有家累，又缺乏神学教育，求您帮我开路。"

　　没多久，一家公益医疗检验机构请华德在退休之后到那里工作，待遇比照他原来的收入水平。他毫不犹豫地答应了。

　　刚巧城里的一家神学院也在招生，华德很想一边工作，一边学习，以便接受神学教育。但他又怕这个医疗检验机构的理事长不同意。

　　于是华德又向上帝说："上帝啊！我想全职服侍您，我需要接受神学教育。求您让我去神学院就读，同时还能保有这份工作。等我孩子大学毕业，我也完成学业，我定会辞职全心服侍您。"

果然，如华德所愿，这个医疗检验机构的理事长允许他一边工作一边去神学院就读。也因为华德对宗教的虔诚，他获得了这位理事长极大的信赖。

神学院的课程并不轻松，要修完硕士学位不但要按时上课，还要写报告、交论文。华德读得有些吃力。

于是华德又去向上帝祷告："上帝啊！求您让我在这把年纪还能有足够的学习能力顺利完成学业，将来好全职服侍您。"

很奇妙的是，华德在考试及写论文前，总是遇到一些牧师，在证道中刚好讲到与考试相关的内容，等于是在替他重点复习，让他顺利进行着他的学业。

在华德完成学业之前，他在这家医疗检验机构已经高居要职，得到理事长的全然信任与相当大的授权。理事长经常不在，就由华德管理一切。华德为了将来离职去全职传教，也刻意物色了接班人，聘请了颇具声望的路易担任顾问，就等时机一到，辞职交棒给路易。

三年过去了。华德顺利地取得了神学硕士学位。这时，他的孩子也完成大学学业，开始就业。华德实践承诺的时候到了。

华德虽然没有忘记他对上帝的承诺，但是他在这家医疗检验机构的工作却正得心应手，不但待遇高，而且大权在握。他开始舍不得了，舍不得放弃到手的权力与高薪。他有意无意地忽视过去对上帝的承诺。

有时，他的良知也提醒他，但是他总是自我找借口。"总要把手上这些事做完，不然太不负责任了。"他想。

有一家教会来询问华德要不要去当助理牧师，但他因为待遇与现在实在差得太远了，丝毫不为所动。

华德原来安排好的接班人路易有一次不经意地问华德："你不是读完神学学位就要去传教吗？"

华德支支吾吾，没有正面回答，心里却颇不高兴，认为路易是想早点取代他的位置，所以从此之后百般刁难路易，甚至企图逼路易去职。

又过了一年，华德根本已经忘了要全职传教这回事了。去年取得的神学学位就搁在那里，一动也没动。

如果华德知道对上帝违背誓言的后果是那么严重，他一定会立刻辞职的。

华德在他的位子上无忧无虑地生活着。

一天，法院寄给华德一封通知信，他打开一看，是一名离职员工到法院控告他，说他违法开除员工。华德吃上了官司。为了应付开庭，光是付律师费，就花掉华德半年的薪水。

更糟的是，被他开除的那名员工居然是理事长的远亲，这名员工趁机向理事长报告了华德在办公室飞扬跋扈的情形。

祸不单行。路易因不满华德的刁难，大举反扑，向理事会检举华德种种决策失误及行政失职之处，理事会因此展开调查。最后，理事会逼迫华德辞职。华德一生的名誉毁于一旦。

华德十分后悔，他知道得罪了上帝。他禁食祷告，向上帝忏悔："上帝啊！求您原谅我的背信与贪婪，我知道错了，求您赐我机会弥补！"他迫切地祈祷，几度哭湿了衣襟。

虽然华德忏悔了，但他仍然必须接受失败的后果。他开始竭力弥补自己的过错，履行承诺，全职传教。但因为没有教会聘请他，他只能到住家附近的教会去当义工，默默地做服侍。他受尽了周遭的冷嘲热讽，并且在法庭和教会间疲于奔命。

官司折腾了三年，华德终于获得无罪宣判。他流着泪感谢上帝的保佑，并且更加专心做全职服侍，即使没有半点收入，他也丝毫不敢抱怨。

就这样又过了三年，眼看华德的储蓄快花光了。但是他并不担心，他说："上帝是要把多给我的收回。这样的惩罚对违背誓言的人来说，算轻的啦！我还要因此感谢上帝呢！"

至于未来会不会穷得无法生活，他从来没有多想过。他坚信他的悔过与虔诚会得到响应的。

果然，在一个偶然的机会里，有一家教会知道华德具有神学硕士学位，便聘请他去担任牧师。又隔了一年，华德升任主任牧师，他的证道吸引了许许多多的信徒，甚至还有人远道而来听他讲道。他成为闻名遐迩的大牧师。

上帝又把他高升了！

如今，白发皤然的华德总不忘记以自己的经历提醒教友："千万不可违背誓言，欺哄上帝，否则花两倍时间都不见得能弥补。"

钱财经常使人迷失，蒙蔽了人的双眼；权力总是使人腐化，封闭了人的心灵；世俗的荣华富贵具有莫大的诱惑力，很容易让人丧失了起初的爱心，不知不觉忘却了最初的信念。

你还记得小时候的纯真与志向吗？它们正是你起初的信念。如今，它们在哪里？是否已经在现实功利的世俗洪涛里沉沦了？

不要让最初的信念在世俗的陷阱里沉睡，切勿让起初的爱心在繁华的诱惑中熄灭。

小牧童的祷告

星期天早上，一个小牧童正在草场上看着他的羊群。

他听到教堂的钟声响起，人们陆陆续续地走过他牧羊的草场，要去旁边的教堂做礼拜。他看了十分羡慕。

他想："我也想和上帝沟通一下，跟他说说话。"但随即又想："但是怎么跟上帝说话呢？我又不会祷告。"

小牧童从小生长在农家，因为家里农事繁忙，从来没上过教堂，也不知该如何祷告。

他想了想，于是双膝跪在地上，闭起眼睛，非常大声而且虔敬地开始背诵二十六个英文字母，从A到Z，重复了七遍。

牧师正好从草场走过，看到小牧童双膝下跪，双眼闭阖，双手交叠，明明是一副正在祷告的样子；可是听他的祷告词，怎么却是二十六个字母，重复了一遍又一遍呢？

牧师好奇地停住脚步，等着小牧童念完七遍睁开眼睛。

牧师问小牧童："小朋友，你在做什么呀？"

小牧童回答说："我在祷告呀！"

牧师诧异地说："哦，祷告吗？我以为你在背诵二十六个字母呢！"

小牧童说："因为我不知道祷告该说些什么，我也没学过任何祈祷文。但是我希望上帝能看顾我，也帮助我看顾我的羊群。所以我想，我把我会的二十六个字母念出来，他一定能把这些字母变成字，他一定知道我应该说的话，他也一定知道我想说的事。"

牧师听了不禁微笑起来，他慈祥地说："会的！上帝会的，上帝什么都能！他一定会赐福给你的！"

牧师走进教堂，开始他今天的证道。

他先说了小牧童和二十六个字母的事情，然后说："各位兄弟姐妹！信心是什么？信心就像小牧童一样，单纯地相信他崇拜的事物一定存在！小牧童或许浅薄无知，但是这些并不重要，重要的是这颗信心！"

圣经上叙述耶稣复活之后，有一个门徒叫多马，听说耶稣复活了，但因为没有亲眼看见、亲手摸着，他总是不信。直到耶稣在他面前显现，让他亲自伸手用指头触摸耶稣的钉痕及肋骨，多马才相信。

愈有学识的人愈容易自以为是，有所成就会自认是自己的能力强，不愿承认其他的因素所起的作用。反而世人看起来无知的人，容易具有单纯的信心，更有坚强而百折不挠的力量。因此，他们是最有福的。

不完美的祭品

从前有一个探险家，带着他的仆人到非洲探险。

探险家在拿刀切椰子的时候，不小心将自己的一根手指切了下来。

一旁的仆人看他在包扎伤口，没有为他着急、难过，反而说："感谢主！上帝的恩典临到你了！"

探险家听了十分生气，说："我受伤了你还感谢主，还说是上帝的恩典，好像恨不得我死似的！"

他一气，就把仆人丢到一个坑里，不要他了。

他听到那个仆人在坑里又说："感谢主！上帝的恩典临到我了！"

探险家骂了一声"神经病！"就继续往前探险。

第二天他遇到一个原住民部落，原住民看到有人闯进来，欢天喜地，打算将他抓起来，把他当做献祭的祭品。

突然，有一名原住民发现探险家手指上包裹着纱布，于是七手八脚把纱布拆开，却发现这个人有一根指头不见了，显然有残缺。

原住民七嘴八舌讨论了一番，认为这样有残缺的人是不完美的祭品，如果献给神明，很不成敬意，说不定会引来神明的震怒。

原住民们想想不妥，就把探险家给放了。

探险家逃回前一天扎营的地方，把仆人从坑里救出来。跟他说起当天在原住民部落的遭遇。

探险家说："昨天你认为我切掉手指是上帝的恩典，后来证明果然不错！要不是这个手指被切掉，我今天连命都没了。"

他突然想到仆人被他扔进坑里时，也说了同样的话。就问他："那你被我扔进坑里，怎么也算上帝的恩典呢？"

仆人回答说："是呀！当然是上帝的恩典！如果您没有把我扔进坑里，那我肯定跟着您一起闯进原住民部落，那现在被留在那里当祭品的就是我了！"

发生在我们身边的每一件事都必定有它的道理。有些事情当时看起来是一件令人沮丧或很糟糕的事，但是随后的转变会让这件事变得完全不同了，它可能让人因此摆脱痛苦或危险，出现柳暗花明的转机。

不相信的人认为是一连串的巧合，相信的人认为是注定了的天意。

无谓的烦恼

有一个企业老板带着他的经理到国外出差。

一连串的业务会议开下来，讨论了许多方案，也做了许多决议。经理觉得压力很大，担心会做不好。

老板看到经理如此紧张，就问他："这企业是不是我创立的？"

经理说："当然是呀！老板！"

老板再问："你没加入我们公司之前，我把公司管理得如何？"

经理说："很好啊！大家都说您是管理大师，所以我才有信心加入。"

老板又问："万一你离职，你认为我会把公司管理得如何？"

经理说："毫无疑问，一定还是很好！"

老板说："那就对啰！你来之前我管得很好，你走之后我还会管得很好，那你在的时候我会管不好吗？有我在，你何必紧张呢？"

于是经理放下了紧张的情绪。

当天晚上，他们遇到了大雷雨，两人投宿在当地一家最大的饭店里。饭店的各样设备非常好，安全设施也没有顾虑。

经理很快就入睡了，但是老板却翻来覆去，长吁短叹，难以入眠。

经理一觉醒来，发现老板还没睡，而且眉头深锁，看似忧虑。原来是哗啦哗啦的大雷雨搅得老板心烦意乱，不能好好睡觉。

经理于是眯着惺忪的睡眼问老板："老板，您认不认为这世界是上帝创造的？"

老板回答："当然是上帝创造的啊！"

经理再问："您出生之前，您觉得上帝把这世界管理得如何？"

老板答："很好啊！"

经理又问："冒昧地再问一句，您过世之后，您觉得上帝会把这世界管理得如何？"

老板答："还是一样好哇！"

经理躺下去，拉起棉被，对老板说："那就对啰！您出生之前上帝管得很好，您过世之后上帝还是会管得很好，那您在世的这段时间，他难道会管不好吗？有上帝在，您何必担心呢？"

假如一个人陷入没有意义的忧虑中，只会自寻烦恼。

你看那天上的飞鸟，也不种，也不收，也不积蓄粮食在仓里，但它们自由自在地在天空飞翔，风霜雪雨也阻挡不了它们生命的脚步。

再看野地里的花，它不劳苦，也不纺线。然而它们沐浴着春风秋雨，坚强地竞相开放。

敞开心胸，驱除无谓的烦恼，才能迎接生命中的阳光。